N. S. H. Spieker

Treppenhauswahnsinn

Roman

© 2021 N. S. H. spieker

Verlag & Druck: tredition GmbH, Halenreie 40-44, 22359 Hamburg

978-3-347-22293-9 (Paperback)
978-3-347-22294-6 (Hardcover)
978-3-347-22295-3 (e-Book)

Prolog

Ich besitze seit Monaten ein Häuschen, in das ich aber nicht einziehen kann, weil die Handwerker länger, und zwar schon erheblich länger als ursprünglich dafür eingeplant wurde, in dem Häuschen renovieren.

Sie renovieren und renovieren in meinem Häuschen mit kleinem Garten und phantastischem Blick über bewaldete Berghänge. Und ich habe langsam die Befürchtung, dass sie nie wieder mit dem Renovieren aufhören wollen. Und deswegen wohne ich ja auch noch in meiner Wohnung in diesem Mehrfamilienhaus mit Menschen, die ich nie kennen gelernt hätte und auch nicht hätte kennen lernen wollen, wenn ich nicht blöderweise vor ein paar Jahren diese Eigentumswohnung in diesem Haus gekauft hätte. Ich wollte damals unbedingt diese Jugendstilwohnung haben. Ich habe mir ausgemalt, wie herrlich es sein würde, endlich in dieser unter Denkmalschutz stehenden Villa wohnen zu dürfen. Ich habe versucht den Makler zu bestechen und die anderen Kaufinteressenten zu vertreiben. Mit Erfolg. Die Wohnung gehört jetzt meiner Bank und mir. Jetzt wohne ich seit geraumer Zeit in dieser Wohnung und ich kann nur sagen: Es ist ein nicht enden wollender Albtraum.

Und auch die Hausmiteigentümer lernt man erst wirklich kennen, wenn man in einem Haus zusammen wohnt. Da kann ruhig jeder seine eigene Wohnung haben: Den Keller, den Garten und den Trockenboden hat man trotzdem zusammen. Nicht zuletzt geht jeder selbstverständlich durch das Treppenhaus, um in seine Wohnung zu gelangen. Und spätestens dort, nämlich im Treppenhaus, fangen dann auch schon die Probleme an.

Teil 1

Meine Dachgeschosswohnung ist kalt, dunkel und ungemütlich. Daran können auch die beiden Schwedenöfen, die ich gekauft habe, und mit denen ich verzweifelt versuche, die eisige Kälte im Sommer und im Winter aus der Wohnung zu vertreiben, nichts ausrichten. Hier und da fehlt ein Ziegel auf dem Dach der alten Villa. Das Holz der Balkone der anderen Wohnungseigentümer müsste dringend mal gestrichen werden. Die Fensterläden hängen windschief herunter und die Fassade schreit nach einem neuen Anstrich. Da aber von den Miteigentümern niemand bereit ist, das Historische an diesem Haus zu wertschätzen und zu erhalten, bröckelt es hier und da beträchtlich. Und es ist eigentlich erstaunlich, dass das Haus nicht langsam in sich zusammenfällt.

Überhaupt merkt man ja immer erst, was los ist, wenn man selber in einem alten Haus wohnt. Vor dem Kauf einer Altbauwohnung kann man noch so viele Besichtigungstermine mit dem Verkäufer vereinbart haben. Und noch so findig versucht haben, alle finanziellen Stolperfallen, die so ein Kauf nach sich ziehen kann, schon im Vorfeld auszumerzen. Man merkt trotzdem erst, was wirklich los ist, wenn man Tag und Nacht darin wohnt. Und dann kann es passieren, dass man aufwacht aus dem Traum, der das herrliche Wohnen in einer Jugendstilwohnung verklärt. Und wenn man dann aufgewacht ist, ist das einzige, was man sich wirklich noch wünscht, die gekaufte Wohnung schleunigst wieder loszuwerden.

Ich saß gerade gemütlich in meinem Wohnzimmer, als mein Telefon klingelte. Ich nahm ab und eine laute fröhliche Stimme fragte:
„Wann kommt ihr nach Ungarn, Sophie?
Ich möchte jetzt sofort eine Antwort haben". Bertrams Mutter versuchte zwar bei diesen Worten zu lachen, aber ich spürte doch durchs Telefon sehr deutlich, dass es wieder Ärger geben würde. „Was soll ich sagen, Maria?", gab ich ehrlich zurück. Legte sich doch Bertram nie fest und schon gar nicht, wenn es um anstehende Besuche bei seinen Eltern in Augsburg oder in Ungarn ging. Blöderweise lebten Bertrams Eltern nur sechs Monate im Jahr in

Deutschland und die anderen sechs Monate in Ungarn, in dem Ort Nemesbük. Da seine Eltern erwarteten, dass wir zu ihren Lebzeiten auf eigene Urlaube verzichteten, um sie stattdessen wochenlang während der Sommermonate in ihrem Haus in Nemesbük zu besuchen, gab es jedes Jahr im Frühsommer die gleichen anstrengenden Telefongespräche mit seinen Eltern. Und häufig endeten diese mit Tränenausbrüchen und wütendem Geschrei. Dieses Jahr wurde der anstehende Ungarnbesuch noch dadurch verkompliziert, dass meine „fast Schwiegermutter" in diesem Jahr 80 Jahre alt werden würde. Ein Ereignis, das Bertram genauso verdrängte wie jeden Gedanken an seine fünf Jahre jüngeren Bruder Claus und seine Schwägerin Annette. „Ich muss das erst noch mit Bertram genau besprechen. Ich weiß auch nicht, wie er in der Redaktion frei nehmen kann", antwortete ich schließlich. „Er wird sich doch wohl für den 80igsten Geburtstag seiner Mutter ein paar Tage frei nehmen können", jaulte Maria ins Telefon. „Annette findet sein Verhalten auch nicht in Ordnung." Und schon ließ sie die nächsten zehn Gesprächsminuten ihrer Rede ungehindert freien Lauf, in dem das Wort Enttäuschung sehr oft vorkam.

Ich fragte mich während dieser zehn Minuten, warum ich mir das antat. Es war nicht meine Mutter, ich war gar nicht mit Bertram verheiratet. Folglich bestand auch gar keine Verwandtschaftsbeziehung zwischen uns. Ich war glücklich geschieden und hatte weder Kontakt zu meiner Ex-Verwandtschaft, noch dachte ich erneut ans Heiraten. Die Eltern meines Ex-Mannes waren schon tot, als wir geheiratet hatten. Ich hatte also nicht viel Erfahrung mit Schwiegereltern, dafür habe ich eine Ex-Schwägerin: Beate. Und ich erinnere mich noch gut daran, dass ich während der sieben langen Jahre meiner Ehe häufig den Gedanken hatte, dass man auf kinderlose Schwestern von Ehemännern auch gut und gerne verzichten könne.

Beate war nur anstrengend. Selbst die Versuche, in einem Café zusammen Kaffee zu trinken, endeten jedes Mal in einer Katastrophe. Sie wusste ständig alles besser. Ich machte dies nicht richtig mit unserer Tochter Elli und das nicht richtig mit Elli. Nun war Elli, Gott sei dank, ja schon erwachsen. Aber bedauerlicherweise hatte Bertram einen kinderlosen Bruder. Claus. Und ich hatte bei Claus hin und wieder das Gefühl, dass ich es wieder mit Beate zu tun hatte. Ich ließ das Telefongespräch über mich hinweg rieseln und dachte daran, dass der anstehende Geburtstag im September noch in ferner Zukunft lag und der Besuch erst in ein paar Monaten umgesetzt werden müsste. Mit einem Blick auf die Uhr stellte ich fest, dass ich wieder zur Arbeit musste und vertröstete sie mit einem Anruf von ihrem Sohn am nächsten Tag. Dann legte ich erleichtert den Hörer auf.

Bertram und ich hatten uns für den Abend verabredet und wollten zusammen ins Kino nach Kiel fahren. Wir hatten in den letzten Wochen wenig Zeit füreinander gehabt. Ich hatte in der Bank häufig Überstunden machen müssen. Und Bertram hatte viele Termine von freien Mitarbeitern in der Redaktion übernehmen müssen, die alle krank waren oder Urlaub machten. An diesem Freitagabend sah es aber so aus, als wenn wir es wirklich einmal schaffen würden. Ich war früh aus der Bank nach Hause gegangen und hatte ein langes Bad genommen. Ich saß fertig angezogen und geschminkt auf meinem Sofa im Wohnzimmer und wartete darauf, dass Bertram an der Haustür klingeln würde. Pünktlich um 18 Uhr klingelte es und ich stand auf, um die Tür zu öffnen. Zu meiner Überraschung stand jedoch nicht Bertram vor meiner Wohnungstür, sondern sein Redaktionsleiter Stefan. Er begrüßte mich hastig und sagte: „Ich muss Bertram leider für heute Abend entschuldigen, Sophie. Meine Frau ist gerade in Hamburg in die Klinik eingeliefert worden. Du weißt doch, wir erwarten unser zweites Kind. Und Bertram ist für mich eingesprungen und macht meine Zeitungsseiten fertig. Ich fahr jetzt sofort zu ihr und wollte dir nur schnell Bescheid geben." Und bevor ich auch nur den Mund aufmachen konnte, war er schon wieder dabei, über die Treppe im Hausflur nach unten zu hechten. *Und wieso konnte Bertram mir das nicht selber am Telefon sagen?*, schoss es mir durch den Kopf. Ich schloss die Wohnungstür und hatte plötzlich ein komisches Gefühl im Magen.

In dem Mehrfamilienhaus in der kleinen Stadt, in der ich lebte, wohnte im Souterrain eine alleinstehende Krankenschwester. Im Erdgeschoss eine Familie mit drei Kindern.

Im ersten Stock wohnte seit kurzer Zeit ein Rentnerehepaar. Im zweiten Stock ein Pfarrer im Ruhestand und im Dachgeschoss wohnte ich. Leider.

Ich war gerade mit Bertram im Urlaub in Ligurien, in Imperia.

Wir hatten seinen Eltern und Claus und Annette nichts davon gesagt, weil sie sonst wieder beleidigt gewesen wären. Denn in ihren Augen hatten wir in jeder freien Minute in Ungarn anzutanzen, um die Familie bei ihren Aktivitäten im Nachbarland zu unterstützen. Wir spazierten also gerade durch eine Olivenbaumplantage in der Sonne, als mein Handy klingelte. Als ich die Nummer auf dem Display sah, staunte ich nicht schlecht. Es war Pauls Nummer. Der neue Besitzer der Wohnung im ersten Stock in unserem Haus. Ich hatte aber keine Lust mit ihm zu telefonieren und ließ es klingeln. Nach fünf Minuten klingelte es wieder. Und nach weiteren fünf Minuten ebenfalls. Mir schwante nichts Gutes. Also entschloss ich mich bei seinem dritten Versuch, den Anruf auf dem Handy anzunehmen.

Zu meiner Überraschung war es aber seine Frau Hannelore, die sich völlig hysterisch meldete. Sie brüllte regelrecht in das Telefon, so dass ich bei dem schlechten Empfang so gut wie nichts verstehen konnte.

Endlich konnte ich mir bei ihr Gehör verschaffen und sie bitten, alles nochmal zu wiederholen. Sie kreischte in den Hörer: „Friederike und Adriano wollen einfach noch ein Zimmer an das Haus anbauen." Ich musste lachen und antwortete kichernd: „Das sieht ja bestimmt lustig aus, wenn beide in Handwerkerklamotten mit einer Maurerkelle bewaffnet einfach noch einen Raum anbauen." Nach weiteren fünf Minuten hatte ich jedoch verstanden, dass Hannelore es bitterernst meinte.

Friederike und Adriano waren die Eltern der drei kleinen Kinder, die alle zusammen in einer Vier-Zimmer-Wohnung im Erdgeschoss wohnten. Sie lebten wie eine Bilderbuchfamilie und waren offensichtlich sehr glücklich miteinander. Um an ihrer Wohnungstür vorbei kommen zu können, musste ich an manchen Tagen sportliche Hochleistungen erbringen. Denn wenn auch keine Yacht, ein Reitpferd oder ein schicker Sportwagen auf dem kleinen Treppenabsatz im Erdgeschoss als Konsumtrophäen abgestellt wurden. Aber es war eine Marotte der Familie ihre

Einkäufe im Treppenhaus zur Schau zu stellen. Wochenlang konnte man eine original verpackte Stehlampe mit angehängtem Preisschild bewundern. Daneben eine neu gekaufte Designer-Kaffeemaschine. Und eine große Einkaufstasche einer städtischen Parfümerie. Dann standen wiederum ein neues Kinderfahrrad da, fünf Gartenstühle, ein nagelneues Skateboard sowie zwei Fahrradhelme. Als ich mir eines Tages ein Herz nahm und das Ehepaar höflich bat, ihre Einkäufe aus Platzgründen doch mit in ihre Wohnung zu nehmen, wurde ich nachdrücklich darauf hingewiesen, dass mich der Treppenabsatz im Erdgeschoss nichts anginge.

Und während unseres Italienurlaubes hatten die Eheleute nun offensichtlich einen Alleingang zur baulichen Umgestaltung unserer alten Villa organisiert.

Denn Adriano hatte einen Arbeitskollegen, der einen Schwager hatte. Und dieser Schwager war Maurer. Und da hatten sich Friederike und Adriano gedacht, dass so eine Gelegenheit so schnell nicht wiederkomme. Und sie brauchten dringend ein zweites Kinderzimmer, weil eins für drei Kinder einfach nicht mehr ausreichte. Und der Maurer arbeitet nach Feierabend und ohne Rechnung.

Die Bilderbucheltern warteten also ab, bis alle anderen Bewohner des Hauses in den Sommerurlaub gefahren waren und legten dann los. Ohne Baugenehmigung. Ohne Antrag bei der Denkmalbehörde. Und natürlich auch ohne die anderen Eigentümer im Haus zu fragen. Immerhin war es ja nur ihre Wohnung, um die es ging. Und in der Wohnung durfte man schließlich machen, was man wollte. Und ein weiteres Zimmer wäre dann ja auch nur innen in der Wohnung. Denkmalschutz hin oder her. Sie hatten die Wohnung schließlich schon vor Jahren gekauft und waren bis auf den heutigen Tag damit beschäftigt, diese sauer abzuzahlen. Und wenn der Anbau erst einmal am Haus hinge, würde sich der Rest der Eigentümergemeinschaft schon wieder beruhigen. Und an die Behörden würden sie eine kleine Strafe zahlen oder Adrianos Chef im Rathaus würde seine internen Kontakte spielen lassen und jemanden anrufen, der das mit dem Bauamt bereinigen würde.

Aber Friederike und Adriano hatten die Rechnung ohne das Ehepaar aus dem ersten Stock gemacht. Paul und Hannelore hatte nämlich ihr Hotel auf Mallorca nicht gefallen. Und weil sie in der Hauptsaison kein anderes Hotel bekommen konnten, kamen sie schon am zweiten Tag nach ihrem Abflug wieder zurück in die Waldstraße. Und da stand das Gerüst schon an der Hauswand.

Da aber Hannelores und Pauls Laune sowieso schon nicht zum Besten war, gab es eine sehr unschöne, sehr laute Szene auf der Straße. Diese endete damit, dass Hannelore die Polizei rief und sich sofort mit dem Denkmalamt und der Bauaufsichtsbehörde in Verbindung setzte. Sie rief sogar den Oberbürgermeister der kleinen Stadt an, und bat diesen um Unterstützung. Der Bau wurde natürlich sofort gestoppt. Und dann sahen auf einmal die Bilderbucheltern ziemlich belämmert aus der Wäsche. Die ganze Geschichte hatte ein teures Nachspiel für Friederike und Adriano. Denn die Angestellten des städtischen Bauamts in der kleinen Stadt nahmen ihre Arbeit sehr genau und es wurde umgehend ein Amtsverfahren gegen sie eingeleitet, das sehr langwierig und sehr kostspielig war. Und die drei Bilderbuchkinder mussten sich also auch weiterhin mit einem sehr kleinen Kinderzimmer begnügen.

Während meines ganzen Italienurlaubes wurde ich von Paul und Hannelore unaufgefordert über die Geschichte auf dem Laufenden gehalten. Und in diesem Urlaub in Ligurien wurde mir klar, dass es ein Fehler gewesen war, die

Dachgeschosswohnung in der Waldstraße zu kaufen.

Susanne, Gerald und ich saßen gemütlich in meinem Esszimmer zusammen und aßen Auberginenauflauf. Gerald war nicht nur ein guter Steuerberater, er kochte auch gerne und gut. Dazu tranken wir viel von einem ausgezeichneten Rotwein, den Susanne in mehreren Flaschen mitgebracht hatte. Ich gab gerade die Geschichte des geplatzten Kinderzimmer-Anbaus zum Besten und Susanne und Gerald krümmten sich bei meiner Erzählung vor Lachen. Gerald japste nach Luft und keuchte: „Du musst aber zugeben, Sophie. Die Bilderbucheltern sind erfindungsreich." Ich nickte zustimmend. Susanne wischte sich die Lachtränen mit einem Taschentuch weg und sagte: „Ich frage mich nur, wie die Familie glauben konnte, den Anbau des Kinderzimmers in zwei Wochen fertigstellen zu können." Gerald hob sein Kristallglas gegen das Kerzenlicht und betrachtete genüsslich die Farbe des Weins. Dann sagte er: „Ich kenne den Maurer, den die Bilderbuchfamilie engagiert hatte. Der hätte das schon hinbekommen." Susanne und ich sahen uns an und prusteten schon wieder los. „Hey, was wollt ihr. Wir leben in einer sehr kleinen Stadt und das schon recht lange. Hier weiß jeder, was um die Ecke beim Nachbarn gerade gespielt wird."

Ich musste schmunzeln. Gerald war nicht nur als Steuerberater mit allen Wassern gewaschen. Er hatte schon so manchen Steuersünder vor den Fängen des Finanzamtes gerettet. Und dementsprechend gut besucht war auch sein Steuerbüro. Er war so eine Art Geheimtipp für Leute mit Geldquellen. Und er fragte nicht, woher all das Geld dieser Leute stammte.

Ich setzte mich kerzengerade an den Tisch und sah Gerald mit gespielt strenger Miene an. „Sag bloß nicht, du wusstest von dem Bauvorhaben der Bilderbuchfamilie?" Gerald hob beide Hände abwehrend in die Höhe. „Nein, nein, Sophie. Ich habe erst gestern in meinem Büro davon erfahren. Ich sage es immer und immer wieder. Wir leben in einem Dorf. Hier gibt es keine ungelüfteten Geheimnisse."

„Ich finde den Plan dieser Leute klasse", schaltete sich Susanne wieder ein. „Jetzt mal Hand aufs Herz. Wie viele Menschen kennt ihr beide, die überhaupt auf solch eine Idee kommen würden?" Ich sah Susanne fragend an. „Also, Sophie. Ist doch genial gedacht. Du kaufst dir eine

Vier-Zimmer-Wohnung. Und nach einiger Zeit klatschst du einfach nach Feierabend günstig ein weiteres Zimmer an die Wohnung dran. Und dann verkaufst du anschließend eine Fünf-Zimmer-Wohnung mit entsprechendem Aufpreis. So kann man Geld verdienen." Gerald schüttelte den Kopf und sah Susanne mitleidig an. „Doch Gerald, von den Bilderbucheltern können wir alle zusammen noch was lernen." Susanne erhob ihr erneut gefülltes Weinglas zur Zimmerdecke und murmelte: „Respekt. Das ist wirtschaftlich gedacht."

Es war Freitag.

Bertram und ich wollten abends in Hamburg zusammen in ein Restaurant zum Essen gehen. Er war die ganze letzte Woche in München auf einer Fortbildung gewesen und wollte mit dem ICE gegen neunzehn Uhr am Hauptbahnhof eintreffen.

Ich stand pünktlich auf dem Bahnsteig. Der Zug fuhr ein und Bertram sprang leichtfüßig mit seiner großen Lederumhängetasche aus dem Zug. Er sah gut aus. Aufgekratzt begrüßte er mich. Und sofort schwärmte er mir von seinem

Münchner Aufenthalt vor. „Du kannst dir nicht vorstellen, Sophie, wie schön München sein kann." Und er strahlte dabei jungenhaft übers ganze Gesicht.

Ich hakte mich bei ihm unter und wir schlenderten langsam im Strom der Menge in Richtung Ausgang. Bertram redete wie ein Wasserfall. Er hatte offensichtlich die Hälfte seiner Zeit in Galerien, Geschäften und aufregenden Cafés und Restaurants in der City verbracht und dabei eine Unmenge neuer Bekanntschaften gemacht, natürlich nur Frauenbekanntschaften.

Und er erzählte während des Essens von zahlreichen Einkäufen und einer beeindruckenden Fotoausstellung, die er zufällig in einer kleinen Schwabinger Galerie entdeckt hatte. Der Fotograf hatte nur Schuhe und Füße fotografiert. Bertram war hin und weg von der Motivauswahl und dem Können des Fotografen. Auch erwähnte er mindestens ein dutzendmal die Besitzerin der kleinen exklusiven Galerie. Die Bertrams Ausführungen nach eine wahnsinnig faszinierende Frau sein musste, die stets auf der Suche nach neuen und aufregenden Denkanstößen sei.

Ich unterließ es zu fragen, ob der fragliche Denkanstoß auch in seiner eigenen Person willkommen gewesen war.

Wollte ich mir selber doch den restlichen Abend nicht mit unschönen Vorstellungen vermiesen.

Ich konnte Bertrams Faszination für eine Fotoausstellung mit gewöhnlichen Schuhen einfach nicht teilen. Es fiel mir einfach schwer, mich für ein banales Fotomotiv wie einen Schuh an einem Fuß zu begeistern.

Jedenfalls war Bertram hin und weg von seiner Reise nach München und mein eher stilles Verhalten im Restaurant fiel ihm gar nicht weiter auf. Wenn ich einfach vom Tisch aufgestanden und nach Hause gegangen wäre, hätte er sicher mit dem gleichen Enthusiasmus weitererzählt. Und ich war mir nicht sicher, ob er gemerkt hätte, dass außer ihm nur noch der Kerzenleuchter auf dem Restauranttisch seinen Geschichten zuhörte.

Ich packte den letzten Aktenordner an seinen Platz im Büroschrank und schloss ab. Dann schaltete ich den PC aus und nahm meine Handtasche, als plötzlich das Telefon auf meinem Schreibtisch in meinem Schweizer Büro klingelte. Es war Freitag und es war schon lange nach Büroschluss. Ich hatte für ein paar Monate eine Krankheitsvertretung für einen Kollegen in einer Schweizer Filiale der Bank, bei der ich angestellt war, übernommen. Der Job war sehr stressig und ich wollte endlich raus aus diesem Büro und nach Hause in meine kleine Züricher Wohnung. Unschlüssig schaute ich auf die Displayanzeige. Es war eine ungarische Telefonnummer. Kurz: Es war die ungarische Telefonnummer von Claus, von Bertrams Bruder.

Es machte also keinen Sinn, nicht ans Telefon zu gehen. Denn Claus würde sicher den ganzen Abend über versuchen, mich in meiner Wohnung oder auf dem Handy telefonisch zu erreichen. Also konnte ich es auch genauso gut sofort hinter mich bringen. Ich seufzte und nahm dann den Hörer ab. „Sophie, wie schön es ist, dich zu hören." Er säuselte Süßholz was das Zeug hielt.

Ich verhielt mich abwartend. Claus fuhr fort: „Annette und ich haben schon Ewigkeiten nichts mehr von dir und Bertram gehört. Ihr habt doch wohl nicht Mutters 80igsten Geburtstag vergessen." Jetzt nahm seine Stimme den wieder sehr vertrauten Tonfall des Vorwurfs an. Schwang doch in jeder Nuance seiner Stimme mit, dass wir uns nicht genug um die Familie und ihre Belange kümmerten.

Ich atmete leise tief durch. *Warum ruft er mich an, wenn er an den Geburtstag seiner Mutter erinnern will*, schoss es mir durch den Kopf. „Hast du denn schon versucht, deinen Bruder Bertram zu erreichen?" fragte ich zuckersüß. „Bertram?" Claus hörte sich ehrlich erstaunt an. „Wieso sollte ich versuchen Bertram zu erreichen?" „Weil er dein Bruder ist. Und weil es um den bevorstehenden runden Geburtstag eurer gemeinsamen Mutter geht." Mein Tonfall wurde etwas giftig. Ich konnte es nicht ändern. Claus ging mir einfach auf die Nerven. Claus antwortete: „Bertram telefonisch erreichen zu wollen ist völlig aussichtslos. In der Redaktion sagen sie, er sei auf Presseterminen. Zuhause bei ihm läuft immer nur der Anrufbeantworter. Und an sein Handy geht er erst gar nicht, weil er ja angeblich beruflich unterwegs ist." Claus schnaubte verächtlich ins Telefon. „Was willst du damit andeuten?" fragte ich rundheraus. „Ach komm, Sophie. Jetzt tu nicht so scheinheilig. Du weißt ganz genau, dass Bertram ein mit allen Wassern gewaschener Single war, bevor ihr beide euch kennengelernt habt. Und sein letzter Besuch in München hat ihm ja wohl auch sehr gut gefallen."

Ich verspürte plötzlich den ehrlichen und sehr starken

Wunsch, Claus durchs Telefon in sein ewig grinsendes Gesicht zu schlagen. Ihm und seiner Frau Annette, die während der letzten Jahre ständig versucht haben, in meinem und Bertrams Leben mit herum zu pfuschen.

Es tat gut daran zu denken, dass Claus in diesem Moment weit weg in einem anderen Land vor sich hin grinste. Und dass uns beide in diesem Moment mehr als eintausend Kilometer voneinander trennten. Ich strich mir eine lange Haarsträhne hinters Ohr zurück und antwortete: „Was Bertram in München gemacht hat oder nicht, ist ja wohl alleine seine Sache." Claus sagte: „Falls es dich interessiert. Bertram hat mich sogar aus München angerufen und mir von einer 24-jährigen blonden und offensichtlich sehr erfolgreichen Schwabinger Galeriebesitzerin vorgeschwärmt. Tja, Männer in dem Alter ändern ihre Gewohnheiten eben nicht mehr, Sophie." Claus lachte bei diesen Worten wiehernd ins Telefon. Ich hatte in diesem Moment großes Verständnis für jeden Menschen mit Mordgedanken. Und ich antwortete betont ruhig: „Ja, weißt du, Claus. Du und Bertram, ihr beide könntet unterschiedlicher gar nicht sein. Wenn ich an dich und Annette denke. So eine Bilderbuchehe. Und seit so vielen Jahren seid ihr schon so glücklich miteinander." Ich bemühte mich nicht einmal mehr darum, den ironischen Tonfall in meiner Stimme zu unterdrücken. Aber Claus merkte davon nichts. Er antwortete: „Ach, Sophie. Du bist immer so riesig nett. Und so eine Liebe. Ich sage mindestens einmal täglich zu Annette: Sophie hat etwas Besseres als meinen Bruder verdient." Und dann wieherte er noch einmal ins Telefon und legte auf.

Teil Zwei

Ein Mehrfamilienhaus trägt diese Bezeichnung deswegen, weil für gewöhnlich eben mehrere Familien in einem solchen leben. Sie teilen sich den Garten und die Gartenarbeit, den Hauseingangsbereich und die damit verbundenen Streupflichten, das Treppenhaus und die Kehrwoche. Es gibt viele Bereiche mit Gemeinschaftseigentum und jeder hat dort Rechte und Pflichten. So kannte ich es jedenfalls aus anderen Mehrfamilienhäusern, egal ob man Wohnungseigentümer oder Mieter war. Und da ich aus beruflichen Gründen auch schon häufiger umgezogen bin, habe ich schon in vielen Mehrfamilienhäusern mit ganz unterschiedlichen Menschen gewohnt. Mit manchen hatte man Kontakt, andere hat man nie gesehen. Ich mochte dieses zufällige Zusammenleben mit Menschen. Man konnte schnell mal irgendwo im Haus klingeln, um nach Salz zu fragen, wenn man gerade mal keins mehr hatte.

Und wenn man mal Probleme mit dem Auto hatte, im Winter, weil es vielleicht nicht anspringen wollte, dann konnte man immer jemanden bitten, kurz zu helfen.

In diesem Haus bat niemand jemanden um Hilfe.

Und hier wurde auch nicht spontan an einer anderen Wohnungstür geklingelt, um nach Salz zu fragen.

Die Menschen in diesem Haus blieben hinter ihrer blickdichten Wohnungstürgardine wartend stehen, bis sie keine Schritte mehr von anderen Mitbewohnern im Treppenhaus hörten.

Als ich nun mit der Bilderbuchfamilie bekannt wurde, machte ich eine interessante Entdeckung.

Die Bilderbuchfamilie befand sich nämlich schon auf halbem Weg zum eigenen Haus.

Nur aufgrund eines finanziellen Engpasses lebten sie gezwungenermaßen noch in einer Eigentumswohnung. Das war wohl auch der Grund, warum sie soziale Kontakte zu anderen Bewohnern im Haus nach Möglichkeit mieden. Sie wollten sich einfach in Bezug auf ihr Sozialverhalten später nicht umgewöhnen müssen. Und da man in einem Einfamilienhaus gewöhnlich nur allein mit der eigenen Familie lebt, reichte es also völlig aus, sich ausschließlich auf die Familie zu konzentrieren. Auch was die Nutzung des Gemeinschaftsgartens anging, probten sie schon mal das fröhliche Verhalten frischgebackener Hausbesitzer.

Die Gartenstuhlkollektion mit Tisch wurde ungefragt jeden Sommer inmitten des Gartens aufgestellt. So wie auch die Rutsche für die Kinder, die Tischtennisplatte, das Baumhaus, das Trampolin, die Basketballstehkörbe, der Sandkasten und die Hollywoodschaukel, alles in großem Kreis darum herum.

Da die Bilderbuchmutter sich ausschließlich auf das Familienleben konzentrierte und keiner Erwerbstätigkeit nachging, hatte sie viel Zeit. Sie legte für sich und ihre Familie großflächig Gemüse- und Blumenbeete im Garten an. Schließlich wollte sie sich und die Familie ja gesund ernähren und ihre Wohnung mit Blumen schmücken. Und da die lieben Kleinen sich prächtig entwickelten, hatten sie viel Hunger. Und für Kinder mit einem gesunden Appetit braucht man eben viel frisches Gemüse. Und aus diesem Grund gab es den Rasen, der bei meinem Einzug noch einen Großteil des wunderschönen alten Gartens ausgemacht hat, nach dem letzten Sommer praktisch nicht mehr. Es gab jetzt Gemüsebeete, Gemüsebeete soweit das Auge reichte.

An einem Nachmittag im letzten Spätsommer kam ich einmal müde aus der Bank nach Hause. Ich machte mir eine Tasse Tee und setzte mich auf meine Dachterrasse, die einen herrlichen Ausblick auf den großen Hausgarten hatte. Ich rekelte mich behaglich auf meinem Gartenstuhl und genoss die warmen Sonnenstrahlen, als mir plötzlich vor Schreck die Teetasse aus der Hand rutschte.

Ich starrte auf einen Punkt im Garten, der sich links von mir unten im Garten befand.

Was ich dort sah, war in Worten nicht zu beschreiben, so grauenvoll war es.

Ich starrte wie hypnotisiert auf diesen Punkt und hatte den Eindruck, dass mein Gehirn nicht verarbeiten konnte, was es dort sah:

Er war weg.

Der Essigbaum war weg. Der wunderschöne alte Essigbaum, dessen Blätter tags zuvor noch in roten, grünen und gelben Farbschattierungen herrlich geleuchtet hatten, war gefällt. Die Äste seiner Baumkrone lagen traurig um ihn verteilt auf dem Boden herum und um den Teil des Stammes, den die Bilderbuchfamilie noch hatte stehen lassen, hatte er ein Lasso gebunden.

Er sah jetzt aus wie ein angeketteter Hund ohne Kopf.

Mir ging das Messer in der Tasche auf.

Ich wartete ein paar Sekunden. Und dann tat ich etwas, was ich seit Jahren erfolgreich in Situationen praktiziere, die mich emotional auf die Palme bringen.

Ich ging runter in meine Küche und kochte mir einen sehr starken Cappuccino. Ich füllte diesen in eine meiner teuersten Porzellantassen, stellte die Tasse auf eine eben so teure Untertasse, legte einen silbernen Kaffeelöffel dazu, streute sehr viel Kakaopulver über den Milchschaum und ging wieder hoch auf meine Dachterrasse.

Ich nenne es das Cappuccino-Prinzip und ich kann nur jedem empfehlen, es mir in schwierigen Lebenssituationen gleich zu tun. Nachdem ich den Cappuccino getrunken hatte, hatte ich das Erlebnis schon halb verarbeitet.

Als ich wieder in meinem neuen Liegestuhl lag, dachte ich darüber nach, wie die Bilderbuchfamilie der ganzen Hausgemeinschaft auf dem Kopf herum tanzte.

Zufällig traf ich am nächsten Tag beim Einkaufen Charlotte, die im Nachbarhaus wohnte und auch Kinder im Grundschulalter hatte. Wir standen in einer langen Schlange an der Kasse eines Supermarktes und unterhielten uns so über dies und das und plötzlich fragte Charlotte mich: „Wie hältst du das mit diesen Leuten im Haus aus?" Ich starrte sie einen Moment lang an, ohne etwas zu antworten. Dann musste ich grinsen. „Wen meinst du, Charlotte?" fragte ich scheinheilig. „Du weißt ganz genau, wen ich meine", entgegnete sie. Dann sagte sie mit bebender Stimme: „Diese Friederike." Und dann ergoss sich ein Wortschwall über mir in einer Lautstärke, der alle mit uns an der Kasse wartenden Kunden für einige Momente lang zum Schweigen brachte. Es war eine Aufzählung von Erlebnissen, die sie mit der Bilderbuchmutter ihrerseits wohl schon in den letzten Jahren gemacht hatte. Sie brüllte sich ihre Wut regelrecht vom Leib und dann verstummte sie plötzlich. Als sie die Blicke aller Umherstehenden auf sich gerichtet fühlte, schüttelte sie sich kurz, dann straffte sie ihre Schultern und sagte: „Das musste ich mal loswerden."

Ich ging über den Marktplatz durch die Abendsonne auf das kleine Eiscafé unserer kleinen Stadt zu.

Susanne saß schon an einem Tisch und hatte ein Glas Prosecco vor sich stehen.

Aber sie saß nicht alleine an ihrem Tisch.

Ein gutaussehender Mitvierziger, den ich nicht kannte, saß neben ihr. Und die beiden unterhielten sich ganz offensichtlich angeregt miteinander. Als Susanne mich sah, winkte sie mir fröhlich zu und begrüßte mich schon von weitem mit den Worten: „Jetzt schau mal, wer hier bei mir in der Sonne sitzt, Sophie." Ich trat an den Tisch und gab beiden lachend die Hand und sagte: „Ich stehe vielleicht gerade auf dem Schlauch. Aber ich weiß wirklich nicht, Susanne, wer dein sympathisch aussehender Begleiter ist." Der Mann stand auf, nahm galant meine Hand und küsste sie. Dann sagte er mit einer artigen Verbeugung: „Franz Freiherr von Stetten, liebe Sophie. Alter Adel, leider völlig verarmt. Ich bin ein alter Freund von dieser wunderschönen und reichen Frau hier neben mir am Tisch. Und ich bin dabei, sie mit allen mir zur Verfügung stehenden Mitteln zu erobern."

Das machte sogar auf mich Eindruck und für einen kurzen Moment war ich sprachlos. Susanne kicherte sichtlich geschmeichelt und bestellte beim Kellner noch mehr Prosecco für alle am Tisch. „Also nur zu deiner Information, mein Lieber. Damit du dir keine falschen Hoffnungen machst. Heiraten werde ich nie mehr. Auch keinen schönen Adligen." Sie lachte unbekümmert über das Gesicht ihres Begleiters, der eine Grimasse zog. Dann wandte er sich an mich und fragte: „Und wie steht es mit Ihnen, liebe Sophie? Auch kein Interesse daran, im Hafen der Ehe zu landen?" Ich lachte und antwortete: „Nein danke. Eine Scheidung reicht." Franz verdrehte in gespielter Verzweiflung die Augen. Und dann meinte er: „Vielleicht ist es ja auch besser so. Dann werde ich auch nicht Familienvater und muss nicht mit der ganzen Kinderschar Schuhe einkaufen gehen." Er steckte sich eine Zigarette an und nahm einen tiefen Zug. Dann schaute er in die fragenden Gesichter von Susanne und mir und sagte lächelnd: „Ihr glaubt nicht, was ich heute beim Einkaufen erlebt habe." „Kann man in dieser kleinen Stadt beim Einkaufen etwas erleben?", witzelte Susanne los.

Franz nickte und meinte: „Und ob man das kann. Wollt ihr beide die Geschichte wirklich hören?" Susanne und ich nickten erwartungsvoll wie zwei Schulmädchen. Franz zog bedächtig an seiner Zigarette und lehnte sich in seinem Stuhl zurück. „Also hört zu. Ich wollte vor unserer Verabredung noch schnell ein Paar leichte Sommerschuhe einkaufen.

Ich ging also in ein Schuhgeschäft auf dem Marktplatz und wurde von einer Verkäuferin nach meinen Wünschen gefragt. Charmant wie ich ja bin habe ich der gutaussehenden Mittdreißigerin geantwortet: „Ich möchte ein Paar leichte Sommerschuhe, die sehr teuer aussehen, aber im Grunde nicht viel kosten." Susanne lachte laut auf und meinte: „Typisch Franz. Du bist ein Blender." Franz reagierte nicht und fuhr mit ernstem Gesichtsausdruck fort: „Und dabei habe ich sie mit meinem schönsten Lächeln angestrahlt. Die Verkäuferin nickte ihrer Kollegin beifällig zu und antwortete mir: „Wir mögen Kunden, die was von unserem Geschäft verstehen." Und dann führte sie mich in den hinteren Teil des Ladens und ließ mich mit einer Unmenge Kartons an Schuhen in meiner Größe allein, damit ich sie in Ruhe alle durchprobieren konnte.

Plötzlich ging die Ladentür auf und mit viel Lärm und Getöse kam eine Familie in das Geschäft geschneit. Diese Familie machte vom ersten Moment ihres Erscheinens an deutlich, dass sie erwartete, beim Schuheinkauf wie ein kleiner König von den Verkäuferinnen hofiert zu werden." Hier machte Franz eine Pause und zwinkerte Susanne und mir listig zu. Dann fuhr er fort: „Aber offensichtlich hatte diese Familie sich hierfür nicht das richtige Schuhgeschäft ausgesucht. Denn die beiden sehr elegant gekleideten Verkäuferinnen im mittleren Alter ließen sich nicht so leicht die Butter vom Brot nehmen. Und schon gar nicht von einer kinderreichen Familie. Die Mutter der Kinder wandte sich also an eine der beiden Verkäuferinnen und sagte: „Wir möchten Turnschuhe kaufen." Der Vater, der wenn ihr mich fragt, nicht wirklich glücklich aussah, hielt nur das Baby auf dem Arm, das fröhlich vor sich hin quakte und sagte gar nichts. Die Mutter wartete einen Moment und weil keine Reaktion von der angesprochenen Verkäuferin kam, fuhr sie fort: „Wir sind hier um Geld loszuwerden. Viel Geld. Zeigen Sie uns die Markenturnschuhe, aber nur die Markenturnschuhe. Ich habe hier nämlich zwei großartige Sportlerinnen, die neue Schuhe für das Basketballtraining brauchen." Die Schuhverkäuferin legte den Kopf ein wenig schief. Dann musterte sie ausgiebig die Kleidung der Eltern und der Kinder und antwortete dann sehr langsam und mindestens ebenso arrogant wie die Kundin: „Möchten Sie denn Markenturnschuhe ab einhundert Euro pro Paar kaufen oder ab zweihundert Euro aufwärts?" Etwas irritiert vom Auftreten der Verkäuferin näselte die Mutter der Kinder weiter: „Für meine Kinder ist mir nichts zu teuer. Wir investieren gerne in ihre Zukunft." Wortlos drehte sich daraufhin die Schuhverkäuferin um und warf ihrer Kollegin einen Blick zu. Dann ging sie zu einem Schuhregal und frage mit dem Rücken zur Mutter gewandt: „Größe?" Die Mutter näselte los: „32 und 33." Mit einer gezielten Bewegung zog die Verkäuferin einen Schuh aus dem oberen Regal und mit einer weiteren Bewegung einen zweiten Schuh aus dem unteren Regal. Dann warf sie der an der Kasse stehenden Kollegin wieder einen Blick zu, worauf diese um die Mundwinkel herum unmerklich grinste. Sie stellte dann beide Schuhe auf einen Stuhl und schob diesen vor die Mutter. Dann sagte sie: „Einmal 32 und einmal 33. Und wenn ich das sagen darf: Diese Turnschuhe tragen nicht die Kinder von Geringverdienern." Über das Gesicht der Mutter flog ein selbstgefälliges Lächeln und dann flötete sie los: „Ann-Kathrin, Anuschka, auf, auf. Setzt euch beide hin und probiert diese

Schuhe an." Die beiden Töchter hatten bis jetzt unbeweglich und ohne einen Mucks von sich zu geben neben ihrer Mutter gestanden. Jetzt lösten sie sich aus ihrer Erstarrung und setzten sich auf zwei Stühle, um die Schuhe anzuprobieren. Die Turnschuhe saßen bei den zwei Kindern wie angegossen und nach einigem Hin und Her waren sich die Eltern offensichtlich einig. Entzückt klatschte die Mutter in die Hände und sagte in betont lässigem Ton zu ihrem Mann: „Liebling, die müssen wir einfach kaufen, nicht wahr?" Der Ehemann schaute auf die Schuhe an den Füßen seiner Töchter und fragte etwas verlegen lächelnd in Richtung der Verkäuferin: „Und was sollen die Turnschuhpaare jeweils kosten?" „Ach, sie dürfen kosten, was sie wollen, Schatz", fuhr ihm seine Frau ins Wort. „Das spielt doch bei uns wirklich keine Rolle."

Die Verkäuferin sagte daraufhin zu ihrer Kollegin an der Kasse: „Sibylle, würdest du bitte die beiden Kartons mit den Zweitschuhen heraussuchen." Die Kollegin nickte beflissen und verschwand sofort in einem langen Gang hinter dem Verkaufsraum."

Franz machte eine bedeutungsvolle Pause und fuhr dann fort: „Dort sah ich haargenau wie diese Verkäuferin zwei

Preisschilder von zwei Schuhkartons ablöste und auf zwei andere Schuhkartons wieder aufklebte. Unsere Blicke trafen sich. Und sie zwinkerte mir verschwörerisch zu. Dann legte sie die jeweiligen Turnschuhe in diese Kartons und kam mit einem Engelsgesicht wieder in den Verkaufsraum zurück. Dort packte sie die Turnschuhe, welche die beiden Kinder anprobiert hatten, in die Kartons und steckte jeden Karton in eine sehr große und sehr elegant aussehende Papiertragetasche des Schuhgeschäfts. Sie stellte beide Tragetaschen vor sich auf den Tresen und sah das Elternpaar fragend an: „Und wen darf ich jetzt zur Kasse bitten?"

„Schatz, lass mich das machen. Gib mir bitte deine Geldbörse." Die Mutter trat mit der Geldbörse ihres Mannes an die Kasse und zückte mit gelangweiltem Gesichtsausdruck eine Kreditkarte heraus.

Die Verkäuferin tippte den Preis für die Turnschuhe in die Kasse und sagte dann in ebenso gelangweiltem Tonfall: „Das macht dann zusammen 490 Euro für die zwei Paar Kinderturnschuhe."

Die Mutter starrte einen Moment überrascht auf den auf dem Display der Kasse aufleuchtenden Betrag und reichte dann kommentarlos die Kreditkarte über den Tresen. Die

Verkäuferin dankte lächelnd und schob die Karte langsam in das Lesegerät."

Franz zündete sich eine neue Zigarette an und sagte dann lachend: „Stellt euch das einmal vor. Die Mutter hat den Preis tatsächlich bezahlt."

Franz klatschte sich vor Vergnügen auf die Schenkel und fuhr fort: „Als die Familie das Geschäft verlassen hatte, trat ich mit den Schuhen, die ich kaufen wollte an die Kasse. Weil ich ja nun wusste, dass die Preisauszeichnung in diesem Geschäft recht willkürlich gehandhabt wurde, habe ich die beiden Damen gefragt: „Was würden denn diese Schuhe nun wirklich kosten?" Ohne auch nur im Ansatz irritiert zu sein, nahm die schöne Mittdreißigerin mir das Paar aus der Hand, schaute auf den aufgeklebten Preis von 168 Euro und antwortete lächelnd: „Für Sie, mein Herr, kosten diese Schuhe heute 35 Euro." Ich machte eine charmante Verbeugung in Richtung beider Damen, legte das Geld auf den Verkaufstresen und verabschiedete mich mit den Worten: „Wie man in diesem Geschäft als Kunde behandelt wird, das gefällt mir außerordentlich gut." Und dann warf ich beiden eine Kusshand zu und entschwand."

Susanne lachte und sagte: „Meine Güte, das ist ja eine

filmreife Geschichte, Franz. Du natürlich in der Haupt-
rolle." Franz winkte lächelnd ab und nahm einen Schluck
Prosecco. Dann zeigte er stolz auf die eleganten neuen
Sommerschuhe, die er schon trug und meinte: „Hat sich
schon gelohnt in diese kleine Stadt zu kommen."

Zwei Stunden später schloss ich die Haustür in der Waldstraße auf.

Auf dem Treppenabsatz vor der Wohnungstür der Bilderbuchfamilie standen gut sichtbar zwei große, sehr elegant
aussehende Papiertragetaschen eines Schuhgeschäftes. Ich
musste ein wenig schmunzeln und stieg weiter die Treppenstufen zu meiner eigenen Wohnung hinauf.

Immer, wenn ich in einem Straßencafé sitze oder in
einem Restaurant, beobachte ich die Menschen um mich
herum. Dabei fällt mir häufig auf, dass viele Paare un-
heimlich gut zusammen aussehen. Ein wahnsinnig gut
aussehender Mann hat häufig auch eine sehr gut aussehende Partnerin. Dann gibt es natürlich auch viele Paare,
die bei der Partnerwahl offensichtlich ausschließlich auf

die inneren Werte beim anderen geachtet haben. Wenigstens hat es objektiv betrachtet diesen Anschein.

So musste es wohl auch bei den Bilderbucheltern gewesen sein, als sie sich das erste Mal über den Weg liefen. Nun sind innere Werte ja sicherlich auch höher anzusiedeln als optische Anreize.

Obwohl ich persönlich der Ansicht bin, dass im täglichen Zusammenleben der Anblick eines gut aussehenden, noch nicht ausgeschlafenen und leicht übellaunigen Ehemannes besser zu ertragen ist, als eines Mannes, den in erster Linie innere Werte auszeichnen.

Aber das ist wohl Ansichtssache. Jedenfalls wäre beim Anblick der Bilderbucheltern kein Betrachter auf die Idee kommen, dass bei der Wahl füreinander in erster Linie die Optik ausschlaggebend gewesen sein musste.

Der Bilderbuchvater war ein sehr großer und korpulenter Mann mit Glatze. Er trug immer die gleiche randlose Brille mit sehr dicken Gläsern. Und wie es sich für einen Mitarbeiter der Stadt gehörte, bevorzugte er bei der Wahl seiner Kleidung gedeckte Farben und karierte Herrenhemden. Nur für den Shoppingausflug mit der Familie am Samstag stieg er gerne einmal in eine hellblaue Jeans mit Bügelfalte und dazu passendem hellblauen Windblouson. Dazu trug er dann Freizeitschuhe eines Outdoor-Bekleidungs-Herstellers.

Die Bilderbuchmutter war im Gegensatz zu ihm von eher kleiner Statur. Nach den mittlerweile drei Geburten war sie etwas übergewichtig geworden und sie bevorzugte bei der Wahl ihrer Haarfarbe grelle Rottöne. Wenn man sie im Treppenhaus oder im Hausgarten wirbeln sah, dann trug sie mit Vorliebe Ganzkörperschürzen mit vielen bunten Streifen und dazu praktische farbenfrohe Gummistiefel.

Umso erstaunlicher war für mich eine Begegnung mit dem Bilderbuchvater, die sich knapp ein Jahr nach meinem Einzug in dieses Haus zutrug. Und zwar in Hamburg. In einem kleinen italienischen Restaurant, das damals als Geheimtipp galt.

Ich traf ihn dort in Begleitung einer Frau. Doch zu meinem grenzenlosen Erstaunen traf ich ihn nicht in Begleitung seiner eigenen Frau. Er saß in einer verschwiegenen Ecke und turtelte beseelt mit einer langbeinigen Blondine. Und diese Blondine sah richtig gut aus. Perfekte Figur, schönes Gesicht und lange Haare, denen man ansah, dass sie von einem richtig teuren Friseur in Form gebracht worden waren.

Da ich niemanden in Verlegenheit bringen möchte, setzte ich mich diskret ans andere Ende des Restaurants und beobachtete die beiden nur aus den Augenwinkeln.

Als die beiden später am Abend eng umschlungen das Restaurant verließen, war mir klar, dass der Bilderbuchvater nicht vorhatte, diesen Abend zuhause bei seiner Familie zu verbringen.

Eine Woche nach diesem zufälligen Zusammentreffen fand bei uns im Haus wieder einmal eine von diesen unseligen Wohnungseigentümerversammlungen statt.

Der Bilderbuchvater saß wie immer ganz eng neben der Bilderbuchmutter auf dem Sofa der Krankenschwester und sie hielten den ganzen Abend lang vor unseren Augen Händchen. In einem, wie der Bilderbuchvater wohl glaubte, von allen Anwesenden unbeobachteten Moment, küsste er das linke Ohrläppchen seiner Frau und kaute anschließend minutenlang sabbernd darauf herum. Worauf die Bilderbuchmutter dann neckisch ausrief: „Aber nicht doch, Liebling!" Und dann kicherte sie und genoss sicht-

lich geschmeichelt die Aufmerksamkeit aller Anwesenden.

Doch offensichtlich hatte der Bilderbuchvater auch das kleine Restaurant in Hamburg richtig lieb gewonnen. Im Laufe der folgenden Monate habe ich ihn noch einige Male dort mit der blonden gutaussehenden Frau gesehen.

Die Bilderbuchfamilie war auf den Ski gekommen. Offensichtlich wollten die Eltern mit den beiden älteren Töchtern nun neben Langlauf-Ski auch mit Alpin-Ski beginnen. Oder zumindest wollten sie den im Treppenhaus an ihrer Wohnung vorbeilaufenden Menschen diese Absicht suggerieren. Nun standen also insgesamt acht Paar Skischuhe auf dem sowieso schon recht kleinen Treppenabsatz vor der Wohnungstür der Bilderbuchfamilie. Schön der Größe nach geordnet. Daneben standen eine original verpackte Stereoanlage, ein neuer DVD-Player und ein in Plastikfolie eingeschweißter großer Bilderrahmen, alle mit baumelnden Preisschildern. Jedes Mal, wenn ich von oben runterkam und an der Wohnungstür meiner Nachbarn vorbei musste, lachten mich die Ski- Stiefel und die Einkäufe an. Ich wusste nicht, ob ich lachen oder weinen sollte. Da fiel mir beim Treppensteigen plötzlich Volker ein. Volker war frei schaffender Fotograf. Und er war immer auf der Suche nach guten Motiven für seine Fotoarbeiten. Er reiste ständig durch Europa und wir sahen uns nur sehr selten. Ab und zu telefonierten wir miteinander. Er hatte keinen festen Wohnsitz, war irgendwie immer noch polizeilich bei seiner Mutter gemeldet und lebte von geringen Einkünften. Aber er machte das, worauf er Lust hatte. Und das waren gute Fotos. Ich erinnerte mich dunkel, dass er mal irgendwelche Arbeiten zum Thema Schuhe gemacht hatte. Er hatte mal vorgehabt, eine Ausstellung mit Bildern nur von Füßen zu machen. Von Füßen, an denen Schuhe steckten. Und Bertram hatte doch in München auch gerade erst eine Fotoausstellung mit Schuhen und Füßen angesehen. Nun, Schuhe gab es in unserem Treppenhaus mehr als genug und die Füße könnte man sicher noch dazu organisieren. Ich beschloss also Volker anzurufen und ihn bald einmal zum Essen einzuladen.

„**Was** war das für ein Geräusch?" Ich saß seit langer Zeit mal wieder mit Bertram in meinem Esszimmer und wir tranken gemütlich ein Glas Wein zusammen. Da ich ja das berufliche Angebot meines Chefs angenommen hatte, für sechs Monate in der Schweiz eine Krankheitsvertretung für einen Kollegen zu übernehmen, war ich nur auf Stippvisite in meiner Wohnung.

Auch musste ich dringend mal in meinem Häuschen nach den gemütlich vor sich hin renovierenden Handwerkern sehen und diese zur Eile antreiben. Ich hatte also Stunden vorher einen der beiden Schwedenöfen bis oben hin mit Holzscheiten vollgestopft, die jetzt endlich lustig brannten, und so konnten Bertram und ich tatsächlich einmal ohne Wintermantel in meiner Wohnung am Esstisch sitzen. Bertram brummte eine unverständliche Antwort auf meine Frage und blätterte eifrig weiter in seinen Prospekten und Broschüren, die er aus München mitgebracht hatte. Da hörte ich es wieder. Ein seltsames Geräusch. „Da schon wieder", sagte ich. „Das ist nur mein Handy", brummte Bertram. Aber er machte ein angestrengt unbeteiligtes Gesicht bei seinem Gebrumme und mit einem

Mal waren meine Sinne hellwach. Ich richtete mich kerzengerade auf und schaute ihn fragend an. Dann sagte ich: „Wenn es dein Handy ist, dann bekommst du gerade eine SMS." „Ja, so wird es sein", antwortete Bertram lässig und schaute dabei weiter angestrengt in seine Unterlagen über Kaminöfen und Wasserpumpen. „Und wer, bitteschön, schickt dir nachts um 23:50 Uhr eine SMS auf dein Handy?", fragte ich mit einem Blick auf meine Armbanduhr.

Wieder hörte ich nur ein unverständliches Brummeln als Antwort. Ich schaute Bertram an, der mittlerweile einen ziemlich roten Kopf bekommen hatte. Und endlich rückte er mit gequälter Stimme raus: „Das ist eine Kollegin, also eine freie Mitarbeiterin, die sicher wissen will, wann sie wieder Termine zum Schreiben bekommt." Ich war für einen Moment sprachlos.

Ich fragte: „Und warum schickt dir diese Frau jetzt um diese Zeit eine SMS?" „Na, ja", Bertram gab ein künstlich aufgesetztes Seufzen von sich, „wir waren mal was zusammen essen und dann hat sie mir später hin und wieder per SMS geschrieben, was sie gerade so macht und so." In meinem Gehirn fing es an zu rattern. „Aha. Und dann hast

du so hin und wieder geantwortet, was du so machst, ja?",
fragte ich. „Ja, genau." Bertram sah mich aufmerksam an.
Ich stand auf und verließ ohne ein weiters Wort das Esszimmer. Blitzsekunden später stand Bertram an der Gar-
derobe im Flur hinter mir.

Ich holte meinen Bademantel aus meiner Reisetasche,
drehte mich zu ihm um und sagte: „Erspar mir die Einzel-
heiten. Beim nächsten Telefonat mit deiner Mutter werde
ich ihr von deinem kleinen beruflichen Erlebnis erzählen.
Und mach den Ofen aus, bevor du gehst." Und dann ging
ich ohne ein weiteres Wort ins Bad, schloss hinter mir ab
und ließ heißes Wasser in die Badewanne laufen.

Der Bilderbuchvater hatte einen Bruder, der in Frankreich verheiratet war. Das hatte mir einmal die Großmutter
der Bilderbuchkinder unaufgefordert im Treppenhaus erzählt, als sie ein paar Tage bei ihrem Sohn zu Besuch war.
Und dieser Bruder hatte mit seiner französischen Frau
ebenfalls eine kleine Bilderbuchfamilie gegründet. Nur
hatte er nicht zwei lebhafte kleine Mädchen und ein Baby,

sondern vier kleine Söhne. Und diese Söhne waren fröhlich und lebhaft. Und in einem der letzten Sommer entschied sich also der Bruder mit den vier Söhnen samt Ehefrau dazu, die Sommerferien in der Waldstraße zu verbringen. Sie kamen an einem Samstag in einem riesigen Van angerauscht. Und sie lärmten genauso rücksichtslos durch das Treppenhaus wie die Bilderbuchfamilie. Und in den folgenden drei Wochen bekam die Eigentümergemeinschaft unfreiwillig auch alle übrigen Eigenschaften der sechs Sommerurlauber mit.

Die kleinen Söhne verteilten ihre mitgebrachten Inliner, Cityroller und Fußbälle fröhlich im Hauseingang und auf den Treppenstufen im Hausflur. Und der Bruder und die Schwägerin bauten für die kleinen Kinder im Garten ein aufblasbares Schwimmbecken in XXL-Größe auf, ein Sechs-Personen-Zelt, sechs Liegestühle samt Auflagen und vier Hängematten. Wozu hatten sie schließlich einen großen Wagen mit geräumigem Kofferraum?

Das Wasser für das Schwimmbecken wurde selbstredend auf Hausgemeinschaftskosten aus dem Gartenwasserhahn gezapft. Vielleicht hatte sich der Bruder des Bilderbuchvaters gedacht, dass er in diesem Jahr einfach mal mit seiner Familie Ferien zum Nulltarif machen wollte. Es ließ sich nicht vermeiden. Ob man wollte oder nicht, man bekam das fröhliche Treiben der beiden Familien mit. Abends wurden die Discounter- Würstchen und Minutensteaks auf dem Familiengrill im Garten geröstet. Und damit auch die richtige Grillpartystimmung aufkam, wurden überall im Garten aufgestellte Fackeln angezündet und riesige Lampions an Ketten quer durch den Garten gespannt.

So viel Familienglück wurde wohl selbst dem Bilderbuchvater zu viel. Jedenfalls fuhr er in diesen drei Wochen morgens sehr früh zur Arbeit und machte nach Feierabend freiwillig Überstunden, erzählte mir Hannelore, die ich im Hauswirtschaftsraum beim Wäsche aufhängen im Keller traf.

Dies fiel aber dem Rest der beiden Bilderbuchfamilien gar nicht weiter auf. So sehr waren sie mit sich und ihrem Familienglück beschäftigt. Die Bilderbuchmutter wollte natürlich ihrem Schwager und seiner ganzen Familie zeigen, dass sie diesen in finanzieller Hinsicht in nichts nachstand.

Sie hatte deswegen vor dem Eintreffen der ganzen Verwandtschaft auf dem Wochenmarkt eingekauft. Sie pflanzte sechs Margeritenbäume in praktische Plastikkübel in Echt-Keramik-Optik. Diese stellte sie rings um die Sitzgruppe auf. Ebenfalls wurden zwei Gartenstehlampen, ein kleiner Springbrunnen und ein marmornes Sitzbänkchen angeschafft. Und gekrönt wurde der Gartenzauber mit einem Amor aus Gips in Lebensgröße, den sie mitten auf den Springbrunnen setzte.

Der Ferienspaß im Haus und im Garten war also in vollem Gange. Er erreichte seinen Höhepunkt ungefähr zehn Tage nach Ankunft der fröhlichen Zeitgenossen.

Übrigens liefen Paul und Hannelore neuerdings mit recht verkniffenen Gesichtern durchs Treppenhaus und auch die Krankenschwester und der Pfarrer machten keinen entspannten Eindruck, wenn ich sie vor dem Haus traf. Friederike schien von alledem nichts zu bemerken.

Sie hatte wohl die Absicht, dieses Ferienerlebnis in der Waldstraße für ihre Lieben unvergesslich werden zu lassen.

An einem Sommerabend rannte sie ganz aufgeregt im Garten zwischen den ganzen Kindern und Erwachsenen hin und her. Sie versuchte mehrere Verlängerungskabel miteinander zu verbinden. Anschließend baute sie ein kleines Podium auf. Dann holte sie zwei große Lautsprecherboxen aus ihrem Wohnzimmer und baute sie links und rechts neben dem Podium auf. Dann schloss sie ein Mikrofon an. Und in den nächsten dreißig Minuten wurden die Hausmitbewohner und ein Großteil der Menschen in der umliegenden Nachbarschaft unfreiwillig Zeugen eines Karaoke-Wettbewerbs. Die Mädchen und Jungen mussten nacheinander auf das Podium steigen. Dann bekamen sie das Mikrofon in die Hand gedrückt und sangen den jeweiligen Liedtext, den die Bilderbuchmutter in übergroßer Schönschrift auf ein Plakat gemalt hatte zur abgespielten Songmelodie.

Die vor Glück zappelnde Schwägerin und auch der Schwager filmten das Spektakel mit ihren Handykameras. Sie rasten dabei ununterbrochen von einer Gartenecke in die andere, um aus jedem möglichen Blickwinkel alles festzuhalten. Und weil das ganze so ein riesiger Spaß war, waren sie bei diesem Treiben noch lauter und ausgelassener als an den übrigen Ferientagen. Und weil es ein Familienereignis war, waren anschließend natürlich auch die

Eltern an der Reihe. Auch Friederike ließ es sich nicht nehmen und grölte einen Schlager ins Mikrofon.

Drei Tage später traf ich mal wieder Charlotte im Supermarkt. Wie gesagt, wir lebten in einer kleinen Stadt und da konnte man sich gar nicht aus dem Weg gehen, auch wenn man es manchmal gerne getan hätte.

Da Charlotte oberhalb von unserem Haus wohnte, hatte sie den Karaoke Wettbewerb wohl auch nicht ignorieren können. Wir standen beide gerade vor den Kübeln mit abgepackten Blumensträußen aus Holland, als Charlotte mich fragte: „Meinst du, sie hätte als Kind gerne mal Ferien in einem amerikanischen Camp gemacht?" Ich musste grinsen und antwortete: „Damals war Karaoke doch noch nicht in Mode."

Und dann prusteten wir beide gleichzeitig los. Charlotte fasste sich als erste von uns beiden wieder. Und nach Luft japsend fing sie an zu erzählen: „Wir haben versucht dem Lärm, der ohrenbetäubend zu uns herüberschallte, auf den Grund zu gehen. Hans ist raus auf die Dachterrasse gestiegen und hat Friederike bei ihrem Auftritt gesehen." Sie grinste über das ganze Gesicht. „Er hat mich gerufen und gesagt, ich solle ihm sein Fernglas bringen. Weißt du, Sophie, er kennt Friederike ja nur von den Elternabenden in der Schule. Wenn sie und Adriano immer kerzengerade nebeneinander in der ersten Reihe sitzen. Adriano korrekt in Anzug und Krawatte und sie immer im dunkelblauen, knielangen Kostüm mit dunklen Strümpfen." Charlotte lachte und fuhr glucksend fort: „Als Hans Friederike dann halbnackt in einem sehr kurzen Basträckchen und knappen Bikini-Oberteil grölend auf dem Podium stehen sah, kam er anschließend runter zu mir in den Garten und meinte: „Ich sage es dir, Charlotte, in der biederen Person steckt in Wahrheit ein wildes Tier."

Zu meinem großen Erstaunen war die Bilderbuchfamilie auf einmal kleinlaut geworden. Vielleicht war die Stimmung zwischen den Eheleuten getrübt. Oder die kleinen Mädchen hatten wieder Unsinn innerhalb der Wohnung gemacht.
Vielleicht hing es aber einfach auch nur mit der sehr lang andauernden Renovierung ihrer Wohnung zusammen.

Und da ich nur zu gut wusste, was gemütlich vor sich hin renovierende Handwerker so kosteten, konnte ich nachvollziehen, dass einem das auf die Stimmung drücken konnte.

Wochenlang quoll furchtbar viel Dreck aus der Wohnung der Bilderbuchfamilie, der sich dann nach allen Seiten ins ganze Treppenhaus verteilte. Selbstverständlich ohne dass sich die Bilderbucheltern für die Säuberung des Treppenhauses verantwortlich gefühlt hätten. Denn sie hatten ja schon genug mit ihrer eigenen Wohnung zu tun. Und so liefen alle Bewohner des Hauses wochenlang die dreckigen Treppenstufen hinauf und hinunter. Und bald war von den hundertjährigen Holztreppenstufen nichts mehr zu sehen, weil alles unter einer sehr dicken Schicht feinen grauen Staubs verborgen war.

Ich war aber insgeheim froh, dass endlich mal jemand hier im Haus bereit war, Geld in die Hand zu nehmen. Einfach um das Haus vor dem baulichen Totalverfall zu bewahren. Denn nur so hatte ich eine Chance, meine Dachgeschosswohnung auch wieder zu verkaufen. Welcher Kaufinteressent hätte wohl Interesse daran eine Wohnung in einem

Haus zu kaufen, das in einem völlig abgewrackten Allgemeinzustand war? Je mehr einzelne Wohnungseigentümer in ihr Sondereigentum am Haus investierten, umso wertsteigender war das für das ganze Haus. Die Fenster in der Wohnung der Bilderbuchfamilie waren noch die Originalfenster aus dem Ende des vorletzten Jahrhunderts. Und sie hatten sehr viel Charme. Aber sie waren mindestens die letzten sechs Jahrzehnte nicht mehr gestrichen worden. Das sah auch im Abendschein der Straßenlaternen nicht mehr wirklich anheimelnd aus. Dazu kamen herabbröckelnder Fassadenputz, eine herunterhängende Regenrinne, Fenstersimse, aus denen sich Gipsbrocken lösten und eine große Fensterscheibe mit Sprung über die gesamte Längsseite des Glases.

Die Wohnung wurde also von Grund auf von Fachhandwerkern renoviert und dafür wickelte ich mir gerne immer wieder Plastiktüten um meine teuren italienischen Lederschuhe, wenn ich durch das Treppenhaus ging.

Ein paar Wochen später kam ich an einem Freitag sehr spät vom Flughafen nach Hause. Und zu meiner großen Verwunderung war das ganze Treppenhaus von oben nach unten frisch gewischt worden und die Holztreppe glänzte im

Abendlicht, das durch die schönen alten Jugendstilfenster hereinschien.

Die Renovierung war offensichtlich abgeschlossen.

Und am nächsten Morgen trällerten und lärmten in unüberhörbarer Lautstärke die fünf fröhlichen Zeitgenossen auch wieder alle zusammen durch das Treppenhaus. Und nach dem üblichen Shoppingausflug am Samstag standen anschließend für alle Vorbeilaufenden dann auch die frisch erstandenen Einkäufe wieder gut sichtbar im Treppenhaus herum: Zwei original verpackte Waveboards lehnten an der Wand auf dem Treppenabsatz vor der Wohnungstür der Bilderbuchfamilie. Ein Paar Hochstelzen, drei neue Basketbälle, eine Hängematte, eine Fuchsie in einer Plastikampel, eine Stehlampe, vier Sitzauflagen für Gartenstühle und ein Teakholzbeistelltisch.

Da die drei Kinder nicht ohne Haustiere aufwachsen sollten, Friederike aber eine Tierhaarallergie hatte, war guter Rat teuer.

Da auch die Bilderbucheltern wussten, wie wichtig der Umgang mit Tieren für Kleinkinder und Kinder überhaupt ist, wollte die Bilderbuchmutter kein Risiko eingehen. Sie wollte nicht Gefahr laufen, einen entwicklungs- psychologisch so großen Fehler bei der Erziehung ihrer Kinder zu machen. Kurz und gut: neben all den anderen Einkäufen hatten die fünf Familienmitglieder an diesem Samstag auch noch einen Hasenstall gekauft.

Um es vorweg zu sagen: es war kein gewöhnlicher Hasenstall. Es war ein Hasenstall von den Ausmaßen eines Hundezwingers für Doggen.

Dieser wurde im Garten ganz selbstverständlich neben die Sitzgruppe gestellt. Selbstredend ohne das Vorgehen vorher mit den anderen Eigentümern im Haus abzusprechen. Die Bilderbucheltern beschränkten das Präsentieren ihrer Gebrauchs- und Luxusgüter nicht auf den Treppenabsatz vor ihrer Wohnungstür. Nein, auch auf den Garten, bzw. auf das, was von dem ehemals schönen alten Garten noch ansatzweise übrig geblieben war, dehnten sie es aus. Der Hasenstall stand also nagelneu da und die beiden ebenfalls frisch erworbenen Langohrhasen wurden auch sofort unter großem Jubelgeschrei der gesamten Familie hineingesetzt. Die Freude bei allen Beteiligten war buchstäblich riesig. Jetzt grenzte der Garten des Hauses an der einen Seite an einen Fußweg, auf dem viele Passanten den ganzen Tag hin- und herliefen.

Ein relativ großes Loch im Maschendrahtzaun am unteren Ende zur Straße hin, hatte zur Folge, dass sich hin und wieder mal ein kleiner oder auch ein großer Hund in unseren Garten verirrte. Und dann häufig das Loch zum Herauskriechen aus dem Garten nicht sofort wieder fand. Friederike rannte dann jedes Mal sehr aufgebracht mit lautem Geschrei, eine Schneeschaufel drohend in ihren Händen schwingend, hinunter in den Garten, um das jeweilige Tier zu vertreiben.

Das hatte mir kürzlich die Krankenschwester aus dem Souterrain erzählt, die das beobachtet hatte. Sie war so schockiert über das Verhalten der Bilderbuchmutter, dass sie drauf und dran war, den örtlichen Tierschutz einzuschalten. Ich konnte das glücklicherweise verhin-dern, indem ich auf Friederikes Tierhaarallergie verwies. Die Krankenschwester lenkte etwas zögerlich ein. Sie meinte dann aber, dass eine Allergie ein derart hysterisches und bösartiges Verhalten der Bilderbuchmutter nicht rechtfertige.

Im Herzen stimmte ich ihr natürlich voll und ganz zu, aber

ich wollte um jeden Preis einen Skandal vermeiden. Wir wohnten in einer Kleinstadt. Wenn der Tierschutz auf den Plan gerufen würde, weil in unserem Hausgarten Tiere mit Schneeschaufeln gequält wurden, dann würde sich das in Windeseile im Städtchen herumsprechen. Und dann könnte ich es vergessen meine Wohnung zu verkaufen. Oder wenigstens noch zu vermieten. Die örtliche Presse litt ständig unter einem Mangel an Informationen für eine gute Berichterstattung. Die würde es sich nehmen lassen, in einer riesigen Bildreportage über die hier bei uns stattfindenden Tierquälereien zu berichten. Und dann hätten wir den Stempel bis in alle Ewigkeit aber weg. In einer Kleinstadt vergisst niemand eine solche Geschichte. Noch zwanzig Jahre später würden vorbeigehende Passanten zum Haus und Garten schauen und daran denken, dass hier ein Massensterben von Hunden stattgefunden hat. Trieb doch die Fantasie Blüten und Ereignisse veränderten sich in der Erinnerung von Menschen.

Eigentlich wäre das Problem mit den Hunden im Garten ja schnell vom Tisch gewesen, wenn sich einer im Haus dazu bereit erklärt hätte, das Loch im Zaun zu reparieren. Doch da sich in diesem Haus niemand dafür zuständig fühlte, blieb das Loch wo es war und die Hunde verirrten sich auch weiterhin in den Garten.

Teil 3

„Cornelia hat einfach Angst, auf Autobahnen zu fahren und da hat sie mich gefragt, ob ich sie und die beiden Kinder nach Ungarn fahren kann." Bertram saß selbstgefällig am Esszimmertisch und schaute mich wie ein Kind an, dem man die selbstverständlichste Sache von der Welt wieder und wieder erklären musste. „So, aus reiner Menschenfreundlichkeit, opferst ausgerechnet du, der selber nicht gern lange Strecken mit dem Auto fährt, deine Zeit, um diese Frau nach Ungarn zu bringen." Ich musste lachen, obwohl ich wütend war. Cornelia war seit einiger Zeit als freie Mitarbeiterin bei der kleinen Tageszeitung beschäftigt, für die Bertram arbeitete. Eine frustrierte Mutter von einer Tochter und einem pubertierenden Sohn, die gerade dabei war, ihren Ehemann zu verlassen. Und da dieser ein gut verdienender Architekt war, suchte sie schon während der Trennungsphase nach einem zahlungskräftigen Ersatz. Denn als abgebrochene Kunststudentin wollte sie sich als Journalistin stundenweise selbst verwirklichen und dabei natürlich nicht auf ihren gehobenen Lebensstil verzichten. Ich war mir sicher, dass sie nichts von mir wusste. Bertram hatte die Sache wieder mal geschickt eingefädelt. Unter dem Vorwand, seinem Bruder in selbstloser Absicht zahlungskräftige Gäste in ihre leerstehenden Appartements nach Ungarn zu vermitteln, machte er ein paar Tage entspannt Urlaub mit einer attraktiven reifen Frau. Denn wie sollte Cornelia mit all ihrem Gepäck und den zwei Kindern ohne Auto auch nach Ungarn kommen? „Und du bist die einzige Möglichkeit für sie, dorthin zu kommen?", fragte ich giftig. Es musste an meinem veränderten Tonfall gelegen haben, denn Bertram veränderte plötzlich seine Sitzhaltung. Er verlor den arroganten Ton in seiner Stimme und erklärte vorsichtig weiter: „Es ist doch absolut nichts dabei, wenn wir zusammen im Auto dahinfahren. Ich muss doch sowieso zu den Eltern, um die Reparaturen am Hausdach in Nemesbük mit dem Vater zu besprechen. Es ist einfach eine Mitfahrgelegenheit, Sophie, weiter nichts." „Ja, eine gute Gelegenheit ist es in jedem Fall", antwortete ich. Ich stand auf und begann den Esszimmertisch abzuräumen und brachte dann das Tablett mit dem schmutzigen Geschirr in die Küche. Bertram war ebenfalls vom Tisch aufgestanden und lehnte im Türrahmen. Er sah mich fragend an und sagte dann: „Also hast du nichts mehr dagegen, dass ich fahre?" „Fahr ruhig nach Ungarn. Dann können deine Eltern Cornelia und die Kinder gleich zusammen kennen lernen", antwortete ich mit betont ruhiger Stimme und begann das Geschirr in die Spülmaschine zu räumen. „Das ist doch praktisch und wird sicher riesig nett. Deine Mutter wollte doch immer Enkelkinder. Jetzt bekommt sie gleich zwei auf einmal." Ich nahm den Spüllappen von der Spüle, drehte den Wasserhahn an der Spüle auf und machte ihn unter dem laufenden Wasser nass. Bertram stellte sich hinter mich und legte seine Hände fest um meine Schultern. „Was du dich immer gleich so aufregen musst, dabei ist doch gar nichts dabei, dass ich einfach auf diese Weise bequem mit dem Auto nach Ungarn fahren kann." Ich hielt den klatschnassen Lappen in meinen Händen, drehte mich langsam zu ihm um und antwortete: „Wenn du deinen Marktwert bei Cornelia testen möchtest, dann ist das deine Sache, aber ich spiele bei diesem Spielchen nicht mit." Bertram gab ein genervtes Schnauben von sich und löste seine Hände von meinen Schultern. Und vielleicht war es dieses

Schnauben. Plötzlich, in einer reflexartigen Bewegung, klatschte ich ihm den nassen Lappen ins Gesicht.

Ich war an diesem Abend schon viel länger bei meiner Freundin Susanne gewesen als ich ursprünglich vorgehabt hatte. Und wir beide hatten auch viel mehr Wein getrunken, als wir eigentlich wollten. Wir hatten genüsslich alte Geschichten zusammen durchgekaut und dabei viel Chips und Erdnüsse in uns hineingestopft. Und nun musste ich dringend nach Hause in mein Bett, weil ich am nächsten Tag eine wichtige Konferenz in der Bank in Zürich durchzustehen hatte. Und ich durfte auf keinen Fall das Flugzeug verpassen. Ich quälte mich also von Susannes Sofa hoch und wir verabschiedeten uns kichernd wie zwei Schulmädchen voneinander. Dann schwankte ich beseelt vom Alkohol durchs Treppenhaus nach unten. Und wenig später stand ich in der kalten Nachtluft auf der Straße vor dem Zehn-Familien-Haus, das Susanne bei der Scheidung von ihrem letzten Ehemann zugesprochen bekommen hatte. Ich ging langsam zu Fuß durch die dunklen Straßen zur Waldstraße. Schon von weitem sah ich unsere schöne alte Villa ruhig und dunkel im Schutz der uralten Platanen stehen. Als ich bis auf wenige Schritte an das Haus herangekommen war, hörte ich ganz in meiner Nähe leises Lachen und Gemurmel. Die Geräusche kamen von einem in meiner unmittelbaren Nähe geparkten Auto, das ich erst jetzt bemerkte. Ein sehr großer Mann und eine Frau mit kurzen schwarzen Haaren stiegen leise kichernd zusammen aus und küssten sich anschließend lang und sehr innig vor dem Auto auf dem Fußgängerweg. Obwohl es finstere Nacht war, konnte man sehr genau erkennen, dass der Mann sehr groß war. Ich ging in einigem Abstand von den beiden unbemerkt vorbei und mein Blick fiel unwillkürlich auf die Schuhe des Mannes. Es waren Freizeitschuhe mit dick aufgedrucktem Markenzeichen.

Dann ging ich die letzten paar Meter zum Haus und schloss kurz darauf die Haustür auf. Als ich im Treppenhaus an der Wohnungstür der Bilderbuchfamilie vorbeikam, standen genau die gleichen Freizeitschuhe in Damenausführung auf dem Treppenabsatz vor der Wohnungstür. Sie sahen aus, als warteten sie auf das Paar in Herrenausführung, das noch nicht nach Hause gekommen war. Doch die Füße, die in den Freizeitschuhen steckten, standen ja noch unten auf der Straße herum und dachten gar nicht daran, nach oben zu kommen. Ich ging in meine Wohnung, stellte meinen Wecker und ließ mich sofort in mein wunderbares Wasserbett sinken.

Zwei Wochen nach diesem Abend bei Susanne legte ich mich am Spätnachmittag oben auf meine Dachterrasse. Ich streckte mich gerade gemütlich in meinem Lieblingsliegestuhl aus, als ich plötzlich laut und deutlich die Stimme der Bilderbuchmutter vernahm. Unwillkürlich drehte ich mich um, so deutlich konnte ich sie mit ihrer näselnden Stimme hören. Ich hörte sie sagen: „Unser Leben ist wirklich absolut perfekt. Mir bleibt nichts zu wünschen übrig." Offensichtlich telefonierte die Bilderbuchmutter in ihrer Küche. Und vielleicht hatte sie entgegen aller strengen Vorsätze, niemals zu lüften, tatsächlich einmal das Küchenfenster geöffnet. Nun jedenfalls musste ich unfreiwillig dieses Gespräch mit anhören. Die Bilderbuchmutter fuhr fort: „Unsere Kinder machen uns jeden Tag unbeschreiblich viel Freude. Wir haben eine wunderschön eingerichtete Eigentumswohnung. Und mein Mann verdient sehr viel Geld." Hier machte sie eine wirkungsvolle Pause und dann fügte sie hinzu: „Wir sind sehr glücklich miteinander, besonders Adriano und ich. Wenn du verstehst, was ich meine." Und dann lachte sie sehr hoch und sehr geziert ins Telefon. „Es wird zwischen uns immer intensiver. Manchmal erinnert Adrian mich an ein wildes Tier."

Mir drehte sich der Magen um. Ich stand auf und ging hinunter in meine Wohnung und stellte in der Küche meine Kaffeemaschine an. Dann holte ich meine Lieblingsporzellantasse aus meiner Vitrine und setzte mich an meinen Küchentisch.

Während ich darauf wartete, dass der köstliche Cappuccino fix und fertig aus meiner neuen italienischen Kaffeemaschine fließen würde, tauchten unwillkürlich zwei unterschiedliche Bilder vor meinem inneren Auge auf. Die Bilder von den zwei anderen Frauen im Leben des Bilderbuchvaters. Und dann dachte ich über das eben mitgehörte Telefongespräch nach.

Wusste die Bilderbuchmutter wirklich nichts? Oder wollte sie nichts wissen?

Kann man mit einem Mann verheiratet sein und nicht mer-
ken, was er in seiner Freizeit so alles treibt?

Ich ließ mir Zeit mit meinem Cappuccino und ging erst nach einer guten halben Stunde wieder hoch auf meine Dachterrasse. Zu meinem großen Bedauern telefonierte die Bilderbuchmutter noch immer in ihrer Küche. Miss- mutig streckte ich mich auf meinem Liegestuhl aus und steckte mir beide Zeigefinger in die Ohren. Dann ließ ich das mittlerweile undeutlich gewordene Näseln an meinen Ohren vorbei plätschern.

Nun gehört zur Vorweihnachtszeit ja auch der Niko- laustag. Und im ersten Jahr meines gemeinsamen Woh- nens mit den Menschen in diesem Haus legte ich jeder Wohnungspartei eine gefüllte Nikolaustüte vor die Tür. Vielleicht lag es daran, dass ich so überglücklich war, end- lich in dieser Jugendstil-Wohnung wohnen zu können. Vielleicht lag es aber auch daran, dass ich noch niemanden im Haus wirklich kennen gelernt hatte, weil ich ja erst kurz vorher eingezogen war.

Ich wollte den Menschen im Haus damit einfach eine

kleine Freude machen. Ich besorgte also am Vorabend des sechsten Dezembers diese Nikolaustüten in der Stadt, Lebkuchen, Nüsse und Schokoladennikoläuse und schleppte alles nach Hause. Ich befestigte an jeder Tüte noch eine kleine Karte auf die ich geschrieben hatte: *Mit schönen Grüßen vom Nikolaus aus dem Dachgeschoss* und schlich kurz vor Mitternacht auf Zehenspitzen durch das Treppenhaus, um die Nikolaustüten vor die Wohnungstüren der Nachbarn zu stellen. Dann ging ich leise zurück in meine Wohnung und legte mich glücklich und zufrieden in mein Bett. Am anderen Morgen weckte mich ein durchdringender Schrei aus dem Schlaf. Vor Schreck setzte ich mich kerzengerade im Bett auf und lauschte auf die Geräusche, die deutlich hörbar aus dem Treppenhaus zu mir heraufdrangen. Offensichtlich hatten die beiden Töchter der Bilderbuchfamilie beim Verlassen der Wohnung die Nikolaustüte entdeckt. Dazwischen hörte ich auch die Stimme ihrer Mutter. Und erst als die Kinder die Treppe runtergepoltert waren, um zur Schule zu gehen und die Bilderbuchmutter wieder in ihrer Wohnung verschwunden war, wurde es wieder still im Haus.

Ich drehte mich gemütlich im Bett rum und döste wieder

ein. Kurz danach wurde ich wieder geweckt. Und zwar von dem Klingeln an meiner Wohnungstür. Ich überlegte, ob ich so tun sollte, als ob ich nicht da sei, um mein Bett nicht verlassen zu müssen. Da klingelte es schon wieder und es kam mir so vor, als sei es ein recht ungeduldiges Klingeln. Ich quälte mich also aus dem Bett, zog schnell einen dicken Bademantel über und trottete durch den eiskalten Flur zur Wohnungstür. Als ich die Tür aufmachte, sah ich zuerst nur eine Nikolaustüte, die mir jemand unter die Nase hielt. Als ich genauer hinschaute, sah ich, dass es die Bilderbuchmutter war, die mir meine eigene Nikolaustüte vor das Gesicht hielt. Ich schaute sie fragend an und sie sah mich vorwurfsvoll an. Sehr vorwurfsvoll. So standen wir beide also voreinander und schwiegen vielleicht so ein bis zwei Minuten bis Friederike, ich wusste zu dem Zeitpunkt noch nicht, dass die Bilderbuchmutter Friederike heißt, sagte: „Meine Kinder dürfen keine Schokolade essen." „Oh", antwortete ich überrascht. In meinem Gehirn fing es an zu rattern. *Gibt es tatsächlich Kinder, die keine Schokolade essen dürfen?* fragte ich mich. Ich kannte Kinder, deren Mütter darauf achteten, dass sie nicht ausschließlich Schokolade aßen. Oder wenigstens auch ab und zu mal Gemüse und Obst. Ratlos und buchstäblich sprachlos schaute ich die Bilderbuchmutter fragend an. „Wenn sie bitte einfach die Nikolaustüte wieder zurücknehmen würden, dann wäre das Problem damit für mich erledigt." Und mit diesen Worten drückte die Bilderbuchmutter mir die Nikolaustüte in die Hand, drehte sich um und ging die Treppe runter und zurück in ihre Wohnung. Ich stand noch einen Augenblick im Bademantel in meinem Hauseingang und dann schloss ich langsam meine Wohnungstür.

Gerade hatte der Immobilienmakler angerufen und gefragt, ob er kurzfristig mit einem Kaufinteressenten für meine Wohnung vorbeikommen dürfe. Ich jubelte innerlich vor Freude. Der Makler hatte natürlich einen Wohnungsschlüssel und konnte auch in meiner Abwesenheit in die Wohnung, aber jetzt war ich ja gerade zufällig ein paar Tage da und ich sah uns schon im Geiste nachmittags beim Notar sitzen und den Verkauf perfekt machen. Es war natürlich ein ganz unverfänglicher erster Besichtigungstermin für den möglichen Käufer, aber immerhin ein Besichtigungstermin. Ich raste durch die ganze Wohnung und schnappte hier und da ein paar achtlos hingeworfene Kleidungsstücke und stopfte sie noch schnell in meinen Kleiderschrank. Wischte mit einem Spültuch über den Spiegel im Flur und zupfte ein paar Flusen von der Couch im Wohnzimmer. Da klingelte es auch schon.

Wie der Blitz stand ich an der Wohnungstür und öffnete diese. Der Makler, ein Mittfünfziger mit kahlrasiertem Schädel und ein jüngerer Mann, der aussah wie ein Modell für Unterwäsche, standen vor der Tür. Ich bat sie höflich herein und überließ es ganz dem Makler, seine Besichtigung unter Berücksichtigung aller mit Schläue eingefädelten Verkaufstaktiken durchzuführen. Der junge Mann war offensichtlich auch sehr angetan von der Wohnung und betonte, wie wunderbar warm es doch in der Wohnung sei. Ich bejahte und strahlte den Kaufinteressenten und den Makler an. Wusste der junge Mann ja nicht, dass beide Schwedenöfen und die Gasheizung seit Beginn meines Kurzbesuches vor drei Tagen dauerbrannten. Aber das spielte ja im Moment auch keine Rolle.

Der Besichtigungstermin nahm unter vielen Begeis-te-rungsausbrüchen des potentiellen Käufers seinen Lauf und näherte sich auch schon seinem Ende, als es plötzlich an der Tür klingelte. Ich bat die beiden Männer, sich nicht stören zu lassen und ging in den Wohnungsflur hinaus, um zu öffnen. Kaum hatte ich die Türklinke heruntergedrückt, begann ein ohrenbetäubendes Brüllen. Vor Schreck riss ich die Tür ganz auf und sah Ann-Kathrin, die älteste Tochter der Bilderbuchfamilie, mit blutverschmiertem Gesicht vor meiner Tür stehen. Sie schrie wie am Spieß: „Meine Nase, meine Nase ist weg." Ich beugte mich zu dem Mädchen herunter, sah, dass die Nase noch an Ort und Stelle saß und versuchte, sie zu beruhigen. Ich holte ein Päckchen Taschentücher aus meiner Strickjackentasche und wischte ihr vorsichtig die Nase sauber. Das Nasenbluten hatte auch schon wieder aufgehört, doch der Schreck darüber saß wohl noch fest in dem Kind. Offensichtlich hatte sie auch das Temperament und den Charakter ihrer Mutter geerbt.

Sie jammerte und heulte, was das Zeug hielt. Der Makler, der uns vom Wohnzimmer aus sehen konnte, bedeutete mir mit der Hand, den Störenfried aus der Wohnung zu entfernen. Er verdrehte die Augen und wedelte immerzu mit der linken Hand zur Tür hinaus, wohl um mir zu bedeuten, dass ich endlich mit dem Kind verschwinden sollte. Beherzt griff ich nach der Hand des Mädchens, trat mit ihm auf den Treppenabsatz und zog meine Wohnungstür hinter mir zu. Auf halbem Weg ins Stockwerk unter mir, vernahm ich plötzlich eine schrille Stimme: „Was haben Sie mit meiner Tochter gemacht?" Die Bilderbuchmutter stand mit wutverzerrtem Gesichtsausdruck vor ihrer Wohnungstür. Sie ließ ihre Einkaufstasche fallen und rannte die Stufen zu meiner Wohnungstür hoch. Sie riss mir ihre Tochter aus den Händen, die ganz plötzlich aufhörte zu heulen, und fing völlig hysterisch an, mir wüste und beleidigende Beschimpfungen ins Gesicht zu brüllen. Sie brüllte und schrie und das kleine Mädchen, offensichtlich angetan von dem Geschrei seiner Mutter, fiel gleich wieder mit ein. Fassungslos sah ich auf die Bilderbuchmutter und ihre Tochter. Dann rannte sie mit ihrer Tochter die Stufen wieder hinunter und knallte ihre Wohnungstür hinter sich zu. Mutter und Tochter waren hinter den flatternden Türgardinen ins Innere hinein verschwunden. Durch ein von oben kommendes Geräusch aufmerksam geworden, schaute ich zu meiner Wohnungstür herauf. Dort standen der Makler und der junge Mann, dem der Schock ins Gesicht geschrieben stand. Der Makler zuckte kaum merklich resigniert mit den Schultern und verabschiedete sich plötzlich sehr schnell von dem Kunden. Beim Hinunterlaufen flüsterte er mir im Vorbeigehen ins Ohr: „Na, den Verkauf können Sie ja wohl abschreiben." Und damit war er auch schon zur Haustür hinaus.

Der junge Mann stand zögerlich und etwas ratlos in meiner immer noch geöffneten Wohnungstür. Ich gab mir einen Ruck, ging die paar Stufen zu meiner Wohnung hinauf und hielt ihm zum Abschied die Hand hin. Ich sagte: „Sie können es sich ja in Ruhe überlegen und sich dann wieder melden." Er schaute mir direkt in die Augen als er antwortete und sagte: „Also Ihre Wohnung ist herrlich, keine Frage. Aber die Leute hier im Haus, also mit solchen Leuten möchte ich wirklich nicht zusammen wohnen." Und dann drückte er mir die Hand, bedankte sich noch einmal und war Sekunden später ebenfalls verschwunden. Ratlos stand ich verloren auf meinem eigenen Treppenabsatz herum.

„**Also,** ich muss sagen, die Conny, ja das ist wirklich eine tolle Frau." Maria erging sich nun schon seit geraumer Zeit während des gemeinsamen Sonntagsessen bei Bertrams Eltern in Lobeshymnen auf die neue Kollegin ihres Sohnes. Sie hatte während des kleinen Familienurlaubes, der ja erst kürzlich in Ungarn stattgefunden hatte, ausgiebig Zeit gehabt, Cornelia und die beiden Kinder kennen zu lernen. Für Maria waren Frauen wertvoll, wenn sie mehrere Kinder bekommen hatten und wenn sie sie sich Tag und Nacht für die Familie aufopferten. Das konnte in unablässigem Kuchenbacken oder Essenszubereitungen geschehen oder wenn sie durch eine berufliche Tätigkeit richtig Geld nach Hause brachten.

Und Bertram und ich hatten uns zu einem Sonntagsbesuch nach Augsburg aufgemacht. Maria hatte wie immer wunderbar ungarisch gekocht und wir saßen noch am Tisch zusammen und tranken ausgiebig Rotwein. Da ich Cornelia nicht persönlich kannte, schwieg ich und Bertram, dem dieses Thema offensichtlich in meiner Gegenwart nicht so behagte, schwieg auch. Bertrams Vater Gisbert schwieg sowieso die meiste Zeit, die er in Gegenwart anderer Menschen verbrachte, und so redete nur seine Mutter. Sie sagte gerade: „Und dann hat die Conny auch noch Kunst studiert. Das muss man sich mal vorstellen. Und zwei Kinder bekommen und ein großes Haus hat sie auch noch gebaut." Maria sah mich erwartungsvoll an. Ich hatte vielleicht etwas zuviel von dem leckeren Rotwein getrunken, auf jeden Fall antwortete ich ganz beschwingt: „Ja, siehst du, Maria. Und deswegen hat sie sich auch jetzt euren Sohn Bertram ausgesucht. Den möchte sie nämlich gleich nach ihrer Scheidung heiraten, damit das schöne große Haus auch weiter von jemandem abgezahlt werden kann. Und um eure finanziellen Möglichkeiten mal gleich persönlich in Augenschein zu nehmen, hat sie Euch ja auch kürzlich in Ungarn besucht. Und eure zahlreichen Appartementhäuser haben ihr ja wohl auch sehr gut gefallen." Ich strahlte Maria an und knuffte Bertram in die Seite, damit er sich zu dem Thema auch mal äußerte. Maria sah mich sekundenlang etwas irritiert an und fragte dann: „Wieso Scheidung? Ich denke, sie ist mit einem Architekten verheiratet?"

Maria konnte sich offenbar nicht vorstellen, dass man als Ehefrau den Wunsch haben konnte, sich von dem eigenen Mann, der zudem noch Architekt war, scheiden zu lassen.

„Ja, sie ist doch noch mit dem Architekten verheiratet, nicht wahr lieber Bertram?" Ich konnte nicht verhindern, dass mein Tonfall etwas sarkastisch wurde. Das musste an dem Wein liegen. Ich sah Bertram nun fragend an. Und weil Bertram aber offensichtlich nichts zu dem Thema zu sagen hatte oder einfach nicht antworten wollte, fuhr ich fort: „Ja, und weil sie offensichtlich eine besonders schlechte Kunststudentin war, muss sie jetzt als freie Mitarbeiterin bei einer Tageszeitung jobben." Maria sah mich einen Moment wortlos an, dann stand sie auf und fing an, das Geschirr abzuräumen. Ich stand ebenfalls auf und trug die riesige, noch zur Hälfte mit Pflaumenpudding gefüllte Dessertschale vorsichtig auf die Anrichte in der Küche. Als Maria mit dem Geschirrtablett zu mir in die Küche kam, hatte sie plötzlich einen düsteren Gesichtsausdruck und verkündete: „Ich konnte diese Cornelia von Anfang an nicht gut leiden."

Liebevoll strich ich über das Holzgeländer der Treppe, die in den ersten Stock führte. Fast alles in diesem Haus war noch original erhalten und bald zweihundert

Jahre alt. Ich ging langsam die Treppe rauf und durch alle Räume im oberen Stockwerk. Das Licht der Wintersonne fiel durch die Fenster auf die nackten Steinwände. Mein Haus war momentan ein einziger Rohbau und die Handwerker, die gerade gemütlich draußen in ihren Firmenautos Mittagspause machten, hatten es nicht besonders eilig, mit den Renovierungsarbeiten fertig zu werden. Das Haus hatte schon jetzt Unsummen verschlungen. Und ich dankte im Stillen meiner Erbtante Flora aus London, die zu ihren Lebzeiten mit einem sehr erfolgreichen Geschäftsmann verheiratet war und mich sehr reichlich in ihrem Testament bedacht hatte. Immer wenn ich an Tante Flora dachte, sah ich sie mit ihrem hochgesteckten Haar am Fenster ihres Salons mit einer Tasse Tee in der Hand stehen und auf die St. James Kathedrale schauen. In meiner Erinnerung hat sie eigentlich nie etwas anderes getan. Wobei ich heute rückblickend denke, dass sie sehr wahrscheinlich noch viel mehr getan hat als nur am Fenster stehend Tee zu trinken. In Dankbarkeit für Tante Flora hatte ich mir vorgenommen, einen Raum mit den von ihr geerbten englischen Möbeln, ihrem Porzellan und Teppichen einzurichten. Sie sollte das Zimmer mit dem schönsten

Blick auf die bewaldeten Berghänge bekommen. Bertram fand diese Idee vollkommen absurd und wir hatten schon einige Male deswegen fast gestritten. Er wollte einfach nicht einsehen, warum eine tote Tante das schönste Zimmer im Haus bekommen sollte. Ich ging wieder hinunter ins Erdgeschoss, um auf den Kaminfeger zu warten, mit dem ich einen Termin ausgemacht hatte. Als es an der Haustür klingelte, war ich beim Öffnen überrascht, nicht den Kaminfeger zu sehen, sondern Bertram. Und noch überraschter war ich, als ich hinter Bertram plötzlich Elli auftauchen sah: „Überraschung, Mama." Elli drängelte sich an Bertram vorbei und warf sich in meine Arme. Ich drückte Elli fest und dann sah ich Bertram fragend an. „Elli und ich haben uns vor deinem Haus in der Waldstraße getroffen. Elli hat kurz zuvor versucht in deine Wohnung zu kommen." „Ja", fiel meine Tochter ihm lachend ins Wort, „das ging aber nicht, weil die Bilderbuchfamilie sich gerade ein Klavier anliefern lässt und der Aufgang im Treppenhaus die nächsten Stunden wohl noch gesperrt sein wird."

Sie verdrehte bei ihren Worten die Augen und lachte dazu aus vollem Hals. `Ob sie vorhaben, das Klavier auch noch auf dem Treppenabsatz abzustellen` fuhr es mir spontan durch den Kopf und ich bemerkte, dass ich bei diesem Gedanken anfing zu schwitzen. „Jetzt mach nicht so ein verdrießliches Gesicht, Mama. Du hast die Wohnung bestimmt bald verkauft und dann bist du diese Leute für immer los." Elli lachte immer noch ganz unbekümmert, zog ihren Arm durch meinen Arm und so schlenderten wir durch das ganze Haus. Als wir zwei Stunden später beladen mit Umzugskartons die Treppe zu meiner Eigentumswohnung hinaufstiegen, sah ich zu meiner großen Erleichterung vor der Wohnungstür der Bilderbuch-familie kein Klavier stehen. Vielleicht hatte die Bilderbuchfamilie beim Kauf des Klaviers für sich entschieden, diesen Wertgegenstand nur für sich alleine in ihrer Wohnung zu bewundern. Oder sie gingen davon aus, dass das Klavierspiel im Treppenhaus von vorbeilaufenden Menschen wegen der nicht vorhandenen Isolierung von Türen und Fenstern einfach nicht überhört werden konnte. Und sie dann schließlich auch so genug Aufmerksamkeit bekommen würden. Ohne dass es dazu auch noch mit all den anderen aktuell abgestellten Einkäufen auf dem Treppenabsatz herumstehen musste. Ich war jedenfalls sehr erleichtert, da es den Verkauf meiner Wohnung sicher noch erheblich erschweren würde, wenn ein potentieller Käufer sich an einem im Hausflur abgestellten Klavier vorbeizwängen müsste.

Da aber im Moment weit und breit kein neuer Kaufinteressent für meine Wohnung in Sicht war und die Bilderbuchmutter den letzten erfolgreich in die Flucht geschlagen hatte, brauchte ich mir darüber auch keine weiteren Gedanken zu machen. Während der nächsten zwei Tage verließen Elli und ich meine Wohnung kaum und packten Umzugskartons. Wir verbrachten viel Zeit damit, alte Fotoalben anzuschauen und Berge von Papierkram zu sortieren. Da gab es Fotos von Elli in der Musikschule. Elli mit der Trompete. Elli am E-Piano. Elli mit der Gitarre. Ellis Vater und ich waren uns wenigstens in puncto musikalischer Früherziehung einig gewesen und hatten im Laufe der Jahre jede Menge Klavierlehrerinnen und Trompetenlehrer in unser Haus kommen und gehen sehen. Dass die Bilderbuchfamilie nun ihren Kindern offensichtlich ebenfalls Klavierunterricht erteilen lassen wollte, stimmte mich für Augenblicke milde. Und ich war schon geneigt, den

Vorfall mit der ältesten Tochter im Hausflur auf sich be-
ruhen zu lassen, als ich ein weiteres Mal unfreiwillig ein
Erlebnis mit Mitgliedern der Bilderbuchfamilie hatte.
Elli und ich schleppten um die Mittagszeit gerade die ersten voll bepackten Umzugskartons nach unten in meinen
Keller, als die beiden Mädchen der Bilderbuchfamilie zusammen aus der Grundschule nach Hause kamen. Sie unterhielten sich in großer Lautstärke sehr angeregt miteinander und ich hörte, wie die jüngere Schwester die ältere
gerade fragte: „Warum dürfen wir denn nicht auf dem
neuen Klavier spielen, Ann-Kathrin?" „Weil es sehr teuer
war und doch noch lange halten soll", antwortete das Mädchen ihrer Schwester wie aus der Pistole geschossen.
„Meine Lehrerin hat aber gesagt, dass Kinder auf einem
Klavier spielen dürfen", maulte Anuschka. „Warum dürfen wir dann nicht Klavierspielen lernen? Andere Kinder
dürfen das doch auch." „Weil Mami und Papa das Klavier
doch nicht für uns gekauft haben, du Dummerchen", antwortete Ann-Kathrin altklug im näselnden Tonfall ihrer
Mutter und schloss die Wohnungstür auf. „Und wofür haben sie dann ein Klavier gekauft? Ich verstehe das nicht",
maulte Anuschka weiter. „Weil Mami sagt, dass in jedes

Wohnzimmer eben einfach ein Klavier gehört. Und damit es auch noch sehr lange dort schön aussieht, dürfen wir beide nicht daran gehen." Dann endete das Gespräch abrupt, weil die beiden unter lautem Getöse in der Wohnung verschwanden.

Es war Samstag und ich lag noch faul in meinem Bett. Die Bilderbuchfamilie war vor ein paar Minuten lautstark durch das Treppenhaus nach draußen auf die wöchentliche Shoppingtour verschwunden.

Und im Moment herrschte im ganzen Haus eine friedliche Stille. Dann klingelte mein Telefon. Aber ich dachte nicht einmal daran, mich auch nur einen Zentimeter aus meinem warmen Bett herauszubewegen. Dann klingelte mein Handy auf meinem Nachttisch. Weil es wahrscheinlich Bertram war, der anrief, ging ich auch nicht an mein Handy. Obwohl ich dafür nur meinen Arm etwas hätte ausstrecken müssen.

Mit Bertram und mir war es momentan etwas schwierig. Es war nicht einfach nur eine schlechte Phase. Diesmal war es anders. Ich spürte es ganz deutlich. Er hatte offensichtlich ein ernsthaftes Interesse an Conny. Hier ging es nicht mehr allein darum, dass er seinen aktuellen Marktwert testen wollte. Ich war mir sicher, dass er mit ihr ins Bett wollte. Wenn er es nicht schon tat.

Dann klingelte wieder mein Telefon. Als der Anrufbeantworter ansprang, war Bertrams Stimme zu hören. Er klang so, als wüsste er, dass ich zuhause war. Er lud mich zum Abendessen ein. In das Restaurant, in dem wir uns kennengelernt hatten.

'Fehler', schoss es mir sofort durch den Kopf. In meinem Gehirn fing es an zu rattern. `Das war ein Fehler, lieber Bertram`, dachte ich. `Sie schlafen also schon miteinander`. Ich stand auf, um mir einen Cappuccino zu machen. `Männer sind so leicht zu durchschauen`, dachte ich und goss den heißen Kaffee anschließend in meine wunderschöne neue Villeroy Tasse.

Bertram war intelligent. Er gehörte nicht zu den Männern, die plumpe Vertuschungsversuche unternahmen. Die Einladung in das teure Restaurant war mit einem öffentlichen Schuldeingeständnis gleichzusetzen. Er wollte diese Affäre und er wollte mich. Und er war bereit, dafür zu bezahlen. Ich müsste abends im Restaurant nur durchblicken lassen, dass ich gerne mal wieder ein echtes Schmuckstück von ihm hätte. Ich war mir sicher, dass ich bei der nächsten Gelegenheit diese hübsche kleine Cartier-Armbanduhr bekommen würde, die wir vor zwei Wochen bei einem Juwelier zusammen im Schaufenster gesehen hatten. Mir schmeckte nicht einmal mehr der Cappuccino. Und das war bei mir immer ein untrügliches Zeichen dafür, dass es mir nicht gut ging. Ich ging ins Bad und eine halbe Stunde später verließ ich das Haus, um in die Stadt zu gehen.

Laut krachend ließ ich die Haustür hinter mir ins Schloss fallen.

„**Jetzt** beantworten Sie mir bitte mal die Frage, wie sie es geschafft haben, mir die Wohnung in dem Haus in der Waldstraße zu verkaufen?" Ich saß nun schon bald eine Stunde bei dem Immobilienmakler im Büro und wir versuchten einen Strategieplan aufzustellen, wie wir die Wohnung nun schleunigst verkaufen könnten. Nachdenk-

lich rührte Herr Fischer mit dem Löffel in seiner Kaffeetasse herum. Dann lächelte er mich mit seinem sympathi-
schen Lächeln an und sagte: „Frau Winter, Ihnen habe ich
die Wohnung nicht verkauft.

Sie sind für jeden Immobilienmakler der absolute Glücks-
griff. Sie wollten unbedingt, dass ich Ihnen die Wohnung
verkaufe. Sie haben mich praktisch angefleht, sie Ihnen zu
überlassen. Und außerdem haben Sie die Wohnung in den
Sommerferien gekauft." Ich verstand nicht und sah ihn fragend an. Er stellte seine halbleere Kaffeetasse ab und
beugte sich ein wenig über seinen Designertisch zu mir
herüber. „Die Familie unter Ihnen macht jedes Jahr drei
Wochen in den Sommerferien Urlaub in Österreich. Immer zur gleichen Zeit. Wenn wir verkaufen können, dann
nur, wenn wir es innerhalb dieser drei Wochen schaffen."
Mir ging endlich ein Licht auf. Ich mag Menschen, die etwas von Ihrem Beruf verstehen. Und Herr Fischer schien
einer von denen zu sein. Wir hatten mittlerweile Ende Mai.
Bis zum Beginn der Sommerferien hatten wir jetzt noch
fast zwei Monate Zeit. Herr Fischer rief seine Sekretärin
herein und bat sie, eine Liste mit den für den Kauf meiner
Wohnung in Frage kommenden Personen auszudrucken.

Dann sagte er: „Ich werde jetzt bis zum Abreisetermin der Familie im Stockwerk unter Ihnen keine Besichtigung mehr im Haus durchführen. Das Risiko, dass ein Kaufinteressent mit der Familie Bekanntschaft macht, ist zu groß. Wir werden jetzt alle Kaufinteressenten mit besonders wertvollen Exposés auf ihren Wunschkauf vorbereiten und dabei nachdrücklich darauf hinweisen, dass die Eigentumswohnung praktisch nicht mehr zu haben ist." „Und das funktioniert?", fragte ich unsicher. „Immer", lachte Herr Fischer. „Wissen Sie Frau Winter, das Immobiliengeschäft ist ein großes aufregendes Spiel.

Das einzige, was sie als Makler wirklich beherrschen müssen, ist, die Spielleidenschaft in ihren Kaufinteressenten zu wecken." Plötzlich tauchte ein Gedanke in meinem Kopf auf. Ich setzte mich mit einem Ruck gerade hin und fragte: „Jetzt Hand aufs Herz, Herr Fischer. Wie oft haben Sie meine Wohnung in den letzten zwölf Jahren verkauft?" So lange wohnte die Bilderbuchfamilie nämlich mittlerweile in dem Haus. „Sechs Mal", kam seine Antwort wie aus der Pistole geschossen. „Ja, aber im Grundbuch war nur ein Vorbesitzer eingetragen?" fragte ich zögernd weiter.

„Ja, nun", Herr Fischer strahlte mich über das ganze Gesicht an, „mit den Behörden gut zusammen zu arbeiten, ist in unserem Geschäft eine unabdingbare Voraussetzung. Und ich habe den Vorteil, dass mein Schwager beim Grundbuchamt der Stadt arbeitet."

Er lehnte sich in seinem schweren Sessel behaglich zurück und faltete die Hände über seinen Bauch.

„Und einen Grundbuchauszug zu erstellen, in dem nicht mehr als ein Voreigentümer eingetragen ist, ist für ihn keine große Angelegenheit." Ich strahlte Herrn Fischer nun ebenfalls an. Dieser Mann war sein Geld absolut wert, das konnte ich riechen. Und die ganze Sache fing langsam an, mir ebenfalls Spaß zu machen.

Ich verließ das Büro von Herrn Fischer und ging zu Fuß durch die Stadt zurück zu meinem Auto. Es war für die Jahreszeit ein erstaunlich milder Abend. Ich grüßte ein paar Bekannte hier und da und schlenderte zu der kleinen Gasse, in der ich mein Auto geparkt hatte.

Da sah ich die beiden. Sie saßen direkt am Fenster einer kleinen hell erleuchteten Kneipe. Bertram und eine dunkelhaarige Frau. Cornelia. Sie sahen ganz verliebt miteinander aus. Und sie bemühten sich beim Händchenhalten offensichtlich nicht einmal darum, diskret zu sein. Die Frau saß so nah bei Bertram, dass sie jeden Moment auf seinen Schoß rutschen konnte. Was beide offensichtlich auch sehr gerne wollten. Offensichtlich sollte jeder in dieser Kleinstadt ihr Glück mitansehen dürfen, mich eingeschlossen.

Eine Sekunde lang schwankte ich.

Dann hatte ich mich wieder im Griff. Unbemerkt von den beiden drehte ich mich um und bog in eine kleine Seitenstraße ein. Auf einem Umweg gelangte ich zu meinem Auto. Ich schloss auf und setzte mich ans Steuer. In meinem Kopf war alles leer. Ich starrte ewig durch die Windschutzscheibe. Dann drehte ich den Zündschlüssel im Schloss herum und startete den Wagen.

Mir ging es nicht gut. Die Geschichte mit Bertram und Cornelia machte mir zu schaffen. Die Hausmitbewohner kratzten an den Wochenenden an meinem Nervenkostüm. Ich brauchte dringend mal eine Auszeit. Und wenn auch nur für zwei, drei Tage. Deswegen ging ich am Abend zu Susanne und wir planten, uns ein schönes Wochenende zu machen. Wir saßen in ihrer Designerküche und blätterten in unzähligen Prospekten von Wellnesshotels. Schließlich fanden wir ein Angebot von einem kleinen Landhotel, einsam gelegen, aber nicht zu weit von Kiel entfernt. Ich hatte das dringende Bedürfnis nach grünem Tee und Ganzkörpermassagen in gediegener Atmosphäre. Susanne wollte sich mit Hilfe des Fitnessbereiches ein wenig auffrischen. Hierbei weckte wohl der im Hotelprospekt abgebildete und gutaussehende Fitnesstrainer größeres Interesse bei ihr als das gesamte Trainingsangebot. Wir buchten kurzfristig für das nächste Wochenende.

Freitag früh fuhren wir mit Unmengen von Gepäck in Susannes Cabrio los und brausten durch die Landschaft. Bald hatten wir schon das kleine Hotel gefunden.

Ein sympathisch aussehender Hotelangestellter begrüßte uns sehr charmant in der Eingangshalle und dann checkten wir ein. Kurz darauf versanken wir beide mit einem Glas Sekt in der Hand in den schweren Sesseln in unserem sehr behaglich eingerichteten Hotelzimmer. Susanne grinste mich an und sagte: „Das fängt doch alles recht vielversprechend an, Sophie. Du erholst dich jetzt mal von Bertram und deinen Mitbewohnern. Und ich", hierbei rekelte sie sich genüsslich in dem schweren Ledersessel, „ich werde mal bei dem Fitnesstrainer anfragen, wie es mit ein paar Privatstunden aussieht." Ich musste lachen. Susanne hatte nach ihrer dritten Scheidung kein Interesse mehr an festen Beziehungen. Sie hielt sich an Urlaubsflirts und oberflächliche Partybekanntschaften. Wir alberten noch ein wenig herum. Dann verschwand Susanne in Richtung Fitnesszone. Ich packte meinen Koffer aus und beschloss anschließend, mich ein wenig in Kiel umzusehen. Ich nahm Susannes Autoschlüssel und fuhr los.

Kiel gefiel mir immer wieder gut. Die Stadt strahlte im Sonnenschein und Unmengen von Menschen schoben sich durch die Straßen. Ich ging in ein kleines Café und studierte die Speisekarte. Viele Tische waren mit Familien besetzt. Am Tisch gegenüber saß eine hochschwangere Frau mit ihrem Mann und löffelte genüsslich ein Eis. Dabei redete sie ununterbrochen auf ihren Mann ein. Der saß halb verschwunden hinter einer Zeitung, hörte schweigend zu und rauchte dabei eine Zigarette. Ich bestellte ein Glas Wein.

Dann schloss ich die Augen und versuchte jeden Gedanken an Bertram zu verdrängen. Schließlich zog ich meinen neuen Roman aus meiner Handtasche und begann zu lesen. Eh ich mich versah, hatten sich die meisten Gäste aus dem Café schon wieder zu neuen Ufern aufgemacht. Nur der immer noch zeitungslesende Mann von der schwangeren Frau und ich saßen noch gemütlich an unseren Tischen. Ich überlegte, ob ich noch mehr von dem leckeren Wein bestellen sollte. Andererseits wäre ich dann anschließend sicherlich ziemlich betrunken.

Und irgendwie musste ich ja auch noch mit Susannes Wagen wieder in das Landhotel zurück fahren. Unschlüssig ließ ich meinen Blick über die Nachbartische wandern. Susanne amüsierte sich sicher schon bestens mit dem Fitnesstrainer. Es bestand also kein Grund zur Eile. Zufällig streifte mein Blick die Schuhe des Mannes der schwangeren Frau.

Ich musste grinsen. Auch wieder so ein Abenteuersport-Markenfetischist. Ich konnte nicht verstehen, wie man freiwillig Wanderschuhe tragen konnte, wenn man gar nicht wandern wollte. Zugegeben waren es teure Schuhe mit dick aufgedrucktem Markenzeichen. Offensichtlich trugen nicht nur die Bilderbucheltern diese praktischen und derben Wanderschuhe bei jeder Gelegenheit.

Der Mann trug übrigens exakt das Modell, das auch der Bilderbuchvater trug.

Ich schaute wohlgefällig auf meine neuen, sündhaft teuren italienischen Stiefel, in denen meine Füße gerade steckten.

Ich winkte dem Kellner und bestellte doch noch Wein. In diesem Moment trat die hochschwangere Frau an den Tisch des Mannes.

Sie strich ihm zärtlich über seinen Kopf. Dann wechselten sie leise ein paar Worte miteinander. Der Mann faltete langsam seine Zeitung zusammen und drückte seine Zigarette im Aschenbecher aus.

Er stand vom Tisch auf und drehte sich um.

Unsere Blicke trafen sich zufällig.

Sekundenlang starrten wir uns fassungslos an.

Dann nahm ich in einer reflexartigen Bewegung meinen aufgeschlagenen Roman vom Tisch und begann darin zu lesen. Bruchteile von Sekunden später hatten die beiden das Café verlassen:

Der Bilderbuchvater führte ein Doppelleben.

Adriano musste hin und wieder beruflich ein paar Tage nach Kiel. Dort gab es eine Verwaltungshochschule für städtische Angestellte.

Das hatte die Bilderbuchmutter unaufgefordert schon unzählige Male in den Wohneigentümerversammlungen nachdrücklich und mit unverhohlenem Stolz in die Gespräche einfließen lassen. Ansonsten verbrachte der Bilderbuchvater sein Leben mit der Bilderbuchmutter und den drei Kindern in der Vier-Zimmer-Wohnung im Erdgeschoss der alten Villa, in der kleinen Stadt, in der wir lebten.

Wenn man von den kleinen Treffen mit den beiden anderen Frauen einmal absah.

Hatte ich jedenfalls gedacht. Nun war Kiel nicht weit von unserer kleinen Stadt entfernt. Nach der Begegnung in dem Café in Kiel sah das Leben dieses Mannes auf einmal anders aus.

Ich bezahlte und fuhr zurück ins Hotel und fand nach einigem Suchen Susanne an der Hotelbar sitzen.

Ich setzte mich zu ihr und bestellte zur Abwechslung an diesem Tag eine Tasse Cappuccino. Dann berichtete ich ihr, wen ich zufällig in Kiel getroffen hatte.

Susanne musste lachen und sagte: „Schau an, schau an. Der brave Familienvater ist in Wahrheit ein unberechenbares Sexmonster." Sie zündete sich eine Zigarette an und fügte schmunzelnd hinzu: „Der Fitnesstrainer ist übrigens auch ein Monster." Und bei diesen Worten verdrehte sie genüsslich die Augen. Ich musste lachen und sagte: „Na, dann muss ich mir für heute Abend ja wohl eine andere Gesellschaft suchen." Susanne nickte und antwortete: "Sei nicht böse, Sophie. Aber von diesen Privatstunden lasse ich mir keine einzige Minute entgehen." Ich prostete ihr mit meiner Tasse zu. Dann trank ich meinen Cappuccino aus und ging nach oben in unser Hotelzimmer. Aus meiner Handtasche klingelte lange und nachdrücklich mein Handy. Es war Bertram. Ich ließ es klingeln und ging ins Bad. Ich starrte im Badezimmer mein eigenes Spiegelbild an. Ich sah furchtbar aus. Das Make-Up war zerronnen. Traurige Augen, die von dunklen Schatten umrandet wurden, sahen mich an.

Ich fühlte mich elend und war traurig. Ich konnte es nicht leugnen. Es tat weh, wenn ich an Bertram und diese Frau dachte. Ich war nahe daran, anzufangen zu heulen. „Bist du eigentlich blöd, Sophie", redete ich mit meinem eigenen Spiegelbild. „Willst du eine unverschämt hohe Hotelrechnung dafür bezahlen, dass du dir wegen Bertram die Augen ausheulst?"

Neuerdings stehen vor der Wohnungstür der Bilderbuchfamilie nicht nur die Einkäufe der letzten Wochen herum, sondern es steht auch ein Bierkasten vor der Tür. Ein ganz normaler Bierkasten. Nicht dass er zwischen all den anderen Sachen auf dem Treppenabsatz besonders aufgefallen wäre. Er stand einfach da. Gefüllt mit 24 Flaschen Bier. Nun könnte man ja davon ausgehen, dass die Bilderbuchmutter diesen zusammen mit dem Bilderbuchvater vor die Wohnungstür geschleppt hat, um nicht für jedes Bier extra in den Keller hinunter laufen zu müssen. Nachdem aber der Bierkasten schon mehrere Wochen auf dem Treppenabsatz herumstand, fiel mir auf, dass immer noch keine einzige Flasche davon ausgetrunken war.
Alle hatten noch ihre Kronverschlüsse verschlossen auf dem Flaschenhals sitzen. Ich hatte auch in der Vergangenheit bei den Eigentümerversammlungen nie gesehen, dass

die beiden etwas anderes als Mineralwasser getrunken hatten. Das musste ja aber nicht bedeuten, dass das Ehepaar nicht für sich alleine in ihrer Wohnung hinter den blickdichten Gardinen ab und zu mal ein Bierchen trank. Jetzt ist ein Bierkasten aber auch kein Wertgegenstand, den man unbedingt neben den zwei noch original verpackten Skateboards, dem CD-Player und der aktuell auf dem Treppenabsatz herumstehenden Küchenwaage präsentieren müsste.

Zugegeben war es der Bierkasten einer bekannten deutschen Brauerei, nicht irgendeine Billigbiersorte. Aber ein Bierkasten war eben ein Bierkasten und die Leute, die mich besuchen kamen, machten auch schon so ihre Witzchen über die abgestellte und offensichtlich für die Bilderbuchfamilie funktionslose Kiste. Bis auf die Kiste eine zweite und eine dritte Bierkiste gestapelt wurde.

Gerald lachte mich über die Spagetti, die wir zusammen gekocht hatten an und sagte: „Sophie, die Leute unter dir machen vielleicht bald einen Getränkehandel im Treppenhaus auf." Er stopfte sich dabei gerade genüsslich seine Pasta auf die Gabel. „Das ist doch ein lukratives Geschäft." Wir witzelten den ganzen Abend herum und ich hoffte, da es bis zu den Sommerferien ja jetzt nicht mehr lange war, dass sie mit der Eröffnung des Getränkemarktes noch bis nach ihrem Urlaub warten würden.

Doch als ich am nächsten Tag nach Hause kam, traf mich im Treppenhaus bald der Schlag. Jetzt standen auf den drei Bierkisten noch zwei weitere Bierkisten und zwei Kisten mit Fruchtsäften. Ich ging langsam an diesem babylonischen Turm vorbei hoch in meine Wohnung.

In Gedanken versunken dachte ich beim Betreten meiner Wohnung, dass ich in allen historischen Gebäuden, die ich auf Reisen kennen gelernt hatte, ob in Ungarn oder Tschechien, in Frankreich und England bei Freunden, in Österreich oder in der Schweiz; egal in welchen Treppenhäusern ich war: Immer waren es sehr gepflegte Treppenhäuser. Treppenhäuser, in denen Skulpturen vor den Wohnungstüren standen. Geschmackvoll arrangierte orientalische Pflanzen oder Sträucher waren in wunderschönen Vasen oder Kübeln auf den Treppenabsätzen angeordnet. Manchmal lag auf dem Steinfußboden eine echte Brücke. Oder es hingen schöne Landschaftsansichten in teuren Bilderrahmen an den Wänden der Flure. Manche Treppenhäuser zierten wunderschöne Blumensträuße in Erkerfenstern, die auf kleinen antiken Holztischchen standen.

Und in diesem Haus stapelten die Menschen eben Getränkekisten vor ihren Wohnungstüren. Nicht alle Menschen, aber eben die Bilderbuchfamilie.

Ich legte mir schon eine Erklärung für den Makler zurecht, die er dann an die hoffentlich bald in großer Zahl erscheinenden Kaufinteressenten weitergeben könnte. Vielleicht könnten wir sagen, dass hier im Haus bald eine Party für alle Bewohner stattfinden solle und könnten damit das Getränkelager vor der Wohnungstür erklären. Und das würde dann ja gleichzeitig ein deutliches Signal für eine intakte Hausgemeinschaft sein, was ja nicht schlecht wäre. Besonders in unserem Fall.

Zufällig traf ich am Tag drauf Paul draußen vor dem Haus. Wir tauschten ein paar Belanglosigkeiten miteinander aus, als er mich plötzlich fragte: „Weißt du eigentlich schon, dass es in den Keller von Friederike und Adriano hereinregnet?" „Tatsächlich", antwortete ich und wartete ab, was Paul mir weiter erklärend zu dem Thema sagen würde. Ahnte ich doch schon, dass ich vielleicht nun die Erklärung für den babylonischen Turm erhalten könnte. „Ja, stell dir vor. Ihre beiden Mädchen haben im Garten Basketball gespielt und dabei das Fenster ihres eigenen Kellers getroffen." Ich musste ein wenig schmunzeln, denn alle anderen Keller im Haus hatten keine Fenster. Bildete ich mir ein, dass Paul bei seinen Worten süffisant grinste. „Und", fuhr Paul fort „weil beide nicht bereit sind, das Fenster aus eigener Tasche zu bezahlen, ist es noch kaputt und es regnet in ihren Keller hinein. *Nun, solange das Wasser nicht auch noch bis in meinen Keller läuft, ist es mir eigentlich ziemlich egal,* dachte ich und sagte zu Paul: „Stehen deswegen so viele Getränkekisten oben bei ihnen vor der Wohnungstür?" „Getränkekisten?" Paul sah mich verständnislos an. „Ach, du hast vielleicht diesen Getränkekistenturm noch nicht gesehen." Und dann fuhr ich fort: „Warum weigern sie sich denn das Fenster zu bezahlen?" Paul hatte mittlerweile einen ziemlich roten Kopf bekommen, offensichtlich trieb das Thema seinen Blutdruck in die Höhe. „Weil sie davon ausgehen, dass der Kellerbereich zur allgemeinen Hausgemeinschaft gehört.

Und deswegen, glauben sie, müssten alle damit verbundenen Kosten auch von allen Miteigentümern mitgetragen
werden." `Ganz schöne Sparfüchse, diese beiden Ehe-
leute`, dachte ich. Trotzdem ergab das alles noch keinen
Sinn. Selbst wenn es ein wenig in den Keller hineinregnen
sollte, war das nun wirklich noch kein Grund, sich die
Mühe zu machen, die Getränkekisten vom Keller hoch zu
schleppen. Nein, ich war mir sicher, dass es noch einen
anderen Grund dafür geben musste. Paul lamentierte weiter über das Verhalten des Bilderbuchehepaares. Ich hörte
höflich noch ein paar Minuten zu und verabschiedete mich
kurz darauf von ihm. Oben in meiner Wohnung angekommen, riss ich erst einmal alle Fenster weit auf und ließ Luft
herein.

Ich ließ eine Tasse Cappuccino aus meiner Kaffeemaschine und setzte mich dann mit der heiß dampfenden
Tasse in der Hand oben auf meine Dachterrasse. Den Blick
auf den kleingehackten Essigbaumstumpf vermeidend,
sah ich konsequent auf die andere Seite des Gartens herunter und genoss dabei die warmen Sonnenstrahlen auf der
Haut.

Plötzlich wurde meine Aufmerksamkeit von etwas in Rot

angeregt. Etwas Rotes hopste immer wieder zwischen den Gartensträuchern und Gemüsebeeten und der Hauswand hin und her. Da ich meine Kontaktlinsen herausgenommen hatte, konnte ich ohne Brille nicht erkennen, was da so rot im Garten umherhopsen könnte. Da die Sonne aber gerade so herrlich schien und ich zu faul war, von meinem Stuhl aufzustehen und nach unten ins Badezimmer zu gehen, um meine Brille zu holen, ließ ich das unbekannte Rote hopsen und döste angenehm weiter. Dann hopste noch etwas Rotes durch den Garten. Irritiert strengte ich mich an, etwas schärfer zu schauen. Sah ich jetzt doppelt? Ich konnte doch unmöglich schon einen Sonnenstich haben und so heiß war es dann auch nicht. Ich war mir sicher, dass da plötzlich zwei rote Dinge zwischen der Kellerwand und den Sträuchern im Garten hin- und herhopsten. Minuten verstrichen. Dann wurde es mir klar. Das war doch die Wand mit dem Fenster des Kellers, der laut Teilungserklärung der Bilderbuchfamilie gehörte. Und noch bevor ich die Brille aufgesetzt hatte, die ich jetzt natürlich doch von unten aus der Wohnung holte, wusste ich, wer da durch den Garten hopste. Nun ist Rot eine Farbe, die nicht jeder Mensch tragen kann. Und einen roten Bikini können auch nicht wirklich viele Menschen tragen, ohne dass es albern aussieht. Das gleiche gilt für knallrote Badehosen. Vielleicht hopsten die beiden deshalb durch den Garten, weil sie selber wussten, dass sie irgendwie schräg aussahen. Angestrengt suchte ich mit den Augen im Garten nach den beiden Bilderbuchtöchtern. Ich war mir sicher, dass beide ebenfalls in roten Badeanzügen steckten, denn sie waren ja eine Familie und konnten nicht weit weg von ihren Eltern sein. Und richtig. Beide hingen mit dem Kopf nach unten in ihrem Baumhaus und leuchteten am Körper unübersehbar rot. Und der in einer Gartenecke stehende Kinderwagen hatte eine rot eingefärbte Stoffwindel als Insektenschutznetz übergestülpt bekommen. Die Bilderbuchfamilie verbrachte also ein Stündchen zusammen im sommerlichen Garten. Das war auch so ein Grund, warum ich endlich aus diesem Mehrfamilienhaus ausziehen wollte: ich wollte nicht wirklich so viel Privatsphäre von anderen Menschen mitkriegen.

Das Geräusch eines heranrollenden LKW riss mich aus meinen trüben Gedanken. An der Längsseite des Gartens zur Straße hielt ein Getränkelaster. Sofort hopsten der Bil-

derbuchvater und die Bilderbuchmutter zum Gartentör-
chen hin, um den aussteigenden Lieferanten zu begrüßen.
Der holte dann einen Sackkarren von seiner Ladefläche
und in wenigen Minuten hatte er eine riesige Wagenla-
dung an Getränkekisten von seinem Laster auf den Geh-
steig vor den Gartenzaun abgeladen. Der Bilderbuchvater
quittierte schnell den Lieferschein und schon fingen die
beiden Elternteile an, hopsend die vielen Bierkisten und
Kisten mit Fruchtsäften durch das Törchen zu ihrem Kel-
lerfenster zu transportieren. Ratlos schaute ich noch einen
Moment diesem Treiben zu, dann nahm ich die Brille ab,
schloss die Augen und war innerhalb kürzester Zeit auf
meinem Stuhl eingeschlafen.

Als ich erwachte, war es schon kurz nach neunzehn Uhr.
Ich packte schnell alle Sachen auf der Dachterrasse zusammen und trug sie runter in meine Wohnung. Da ich
noch einkaufen wollte, verließ ich rasch das Haus und fuhr
zum Supermarkt. Als ich die Einkäufe in mein Auto lud,
sah ich, dass der Getränkemarkt ebenfalls noch geöffnet
hatte. Ich beschloss, auch noch ein paar Getränke zu holen
und ging auf die Eingangstür zu.

Dort fiel mein Blick auf ein riesengroßes Werbeplakat für

Biersorten und Fruchtsäfte. Eine ortsansässige Brauerei feierte ihr 100-jähriges Jubiläum und bot zu Dumpingpreisen ihre Markenbiersorten an. Gleichzeitig warb die geschickt angelegte Werbekampagne mit gesunder Ernährung für die ganze Familie und bot ebenfalls Markenfruchtsäfte zu absoluten Niedrigpreisen an. Als ich an der Kasse im Getränkemarkt stand, fragte mich die Kassiererin, ob ich nicht auch bei dem Jubiläumsangebot zugreifen wolle. Als ich höflich verneinte, wisperte sie mir hinter vorgehaltener Hand zu, dass ich mir nicht vorstellen könne, wie verrückt viele Leute aus der Stadt auf diese Supersonderangebote seien. Da sie offensichtlich zu einem Schwätzchen aufgelegt war und außer mir kein anderer Kunde mehr im ganzen Laden war, sagte sie: „Da hat eine Familie heute drei Wagenladungen mit Getränkepaletten geliefert bekommen. Die brauchen jetzt die nächsten Jahre keine Getränke mehr zu bestellen." Und dabei grinste sie über das ganze Gesicht, als wenn die Riesenbestellung dieser Familie für sie ein ganz besonderer Spaß sei. Fragend schaute ich sie an und sie erzählte lachend weiter: „Unser Fahrer hat erzählt, dass das Ehepaar nach dem Verladen der ersten Lieferung plötzlich in Badesachen im Garten aufgetaucht sei, so sehr sind sie bei der Arbeit ins Schwitzen gekommen. Ja, da sieht man es wieder: Sparen und nach Schnäppchen jagen ist eben anstrengend."

Und bei diesem Schlusssatz prustete sie laut los. Ich lächelte höflich mit und schlagartig wurde mir klar, dass es sich um die Bilderbuchfamilie handelte, über die sich offensichtlich die gesamte Belegschaft des Getränkemarktes lustig machte. Rasch bezahlte ich und verließ den Laden.

Als ich kurze Zeit später an der Wohnungstür der Bilderbuchfamilie vorbeikam, stand der babylonische Turm wie zuvor neben dem Türeingang. Doch er stand nicht mehr allein in luftiger Höhe herum.

Er hatte Gesellschaft von einem weiteren Turm bekommen. Die Frage war nur: Was wollten sie mit dem ganzen Bier, wenn sie es nicht trinken wollten?

Endlich waren die Sommerferien angebrochen.

Alle Hausbewohner waren in die Ferien aufgebrochen und ich hatte das Haus für mich alleine.

Die Bilderbucheltern hatten die Getränketürme vorübergehend in ihre Wohnung geräumt und vor der Wohnungstür der Bilderbuchfamilie stand bis auf ein einziges, noch original verpacktes Markenwaffeleisen, nichts herum.

Ich riss alle Fenster und Türen auf und ließ nach Herzenslust frische Luft und Wärme in den alten Kasten strömen. Da ich vorhatte, in den nächsten drei Wochen diese Wohnung für immer loszuwerden, hatte ich dafür meinen gesamten Resturlaub zusammengekratzt und sah den Bemühungen des findigen Maklers mit Freude entgegen. Herr Fischer hatte am Vortag schon angerufen und die Termine für die anstehenden Besichtigungs-termine durchgegeben. Einem Verkauf der Wohnung schien nun nichts mehr störend im Wege zu stehen.

Für den Nachmittag hatte Bertram sich angekündigt.

Wir wollten reden. Da ich die Wohnung schon von einem Großteil der Möbel befreit hatte, wirkte sie großzügig und elegant und außerdem strahlte es blitzsauber aus allen Ecken.

Die Holzböden glänzten und die Fenster waren alle geputzt. Hier und da hatte ich eine antike Holzkommode stehen lassen und mit einer frisch gefüllten Blumenvase geschmückt. Fröhlich trällerte ich ein Liedchen auf den Lippen und so verging die Zeit bis zu Bertrams Eintreffen im Nu. Wir setzten uns auf die Dachterrasse, als Bertrams Handy klingelte. An seinem angestrengten Gesichtsausdruck merkte ich sofort, dass es Cornelia war, die sich am anderen Ende der Handyverbindung meldete. Nach wenigen Augenblicken sah ich an Bertrams Gesicht, dass etwas Ernstes passiert sein musste. Es hatte sich offensichtlich ein Verkehrsunfall ereignet.

Cornelia befand sich nämlich in diesem Moment auf der Hinfahrt im eigenen Wagen nach Ungarn. Offensichtlich wollte sie mit diesem zweiten Ungarn-Urlaub ihren offensichtlichen Kampfzug zur Eroberung Bertrams im Nachhinein wieder in ein gerades Licht rücken. Und aus diesem Grund fuhr sie also an diesem Sonntag mit ihrem Noch-Ehemann und den beiden Kindern zu Bertrams Bruder in die Ferienanlage. Und irgendeinen Fahrer brauchte sie schließlich, weil diese Powerfrau sich alleine ja nicht traute, die weite Strecke mit dem Auto zu fahren.

Einige Tage zuvor hatte mich Bertrams Mutter angerufen und mir freudestrahlend mitgeteilt, dass Conny mit Mann und Maus vorhabe, nach Ungarn zu Claus und Annette zu fahren, um dort Urlaub zu machen. Und wenn diese Ehe nicht glücklich sei, so Maria, dann hätte Cornelia ja wohl auch keinen Grund, gemeinsam mit ihrem Ehemann und den Kindern in den Urlaub zu fahren.

Da ich weder die Energie noch die Zeit hatte, Maria meine Ansicht über die neuerliche Ungarnfahrt dieser Person mitzuteilen, beließ ich es dabei.

Bertram hatte mittlerweile aufgehört zu telefonieren und sah mich verstört an. Er sagte: „Cornelias Mann hatte einen Zusammenstoß mit einem Motorrad. Der Fahrer ist schwer verletzt und den Sohn, der ebenfalls auf dem Motorrad saß, haben sie noch nicht gefunden." Das war natürlich eine schlimme Sache. Der Albtraum eines jeden Autofahrers und ich wollte nicht in der Haut des Architekten stecken. Ich fragte: „Und was sollst du jetzt machen?" „Ich rufe jetzt meinen Vater an, vielleicht kann er vor Ort dolmetschen. Sie können ja alle kein Ungarisch." Natürlich musste man dieser Familie in dieser Situation beistehen. Selbstredend. Nur, warum musste es Bertram sein. Hätte sie nicht genauso gut gleich Claus und Annette in Ungarn vor Ort anrufen können, um einen Dolmetscher zu organisieren? Sie wollte mit Bertram sprechen. Und man musste schon doof und blind sein, um nicht zu wissen, warum. Plötzlich hatte ich keine Lust mehr mit Bertram zu reden.

Herr Fischer hatte einen Käufer an Land gezogen. Dieser Mann war mir so sympathisch. Und er war auch so originell. Er hatte für meine letzte Urlaubswoche schon den Notartermin vereinbart und alles für den bevorstehenden Kauf in die Wege geleitet. Von der Bilderbuchfamilie fehlte weit und breit jede Spur.

Vor deren Wohnungstür stand auch nur ein einzelnes, nagelneues, originalverpacktes Waffeleisen herum.

Alles andere hatte die Bilderbuchmutter wohl aus Gründen der Sicherheit vor ihrer Abreise in die Wohnung geschleppt. Und als das Kinderarztehepaar, die Kaufinteressenten meiner Wohnung, nach ihrem letzten Besichtigungstermin durch das Treppenhaus wieder hinunter stiegen, fragte die Kinderärztin: „Warum haben die Leute denn dort ein Waffeleisen auf ihrem Treppenabsatz stehen?"

Da antwortete dieser Immobiliengott bevor ich auch nur den Mund aufmachen konnte: „Oh, das ist mein Waffeleisen. Ich habe es vorhin dort nur kurz abgestellt. Meine Frau bat mich heute früh, ihr eines aus der Stadt mitzubringen." Und bei diesen Worten klemmte er sich auch schon das Paket mit dem Waffeleisen unter die Achsel seines Armanianzuges und marschierte weiter die Treppen herunter. Die Kinderärztin warf mir einen anerkennenden Blick zu und verließ kurz darauf gutgelaunt mit ihrem Mann das Haus. Zehn Minuten später klingelte Herr Fischer bei mir und kam mit dem Waffeleisen unter dem Arm wieder die Treppe herauf.

Er stellte es mit einem Augenzwinkern vor meine Tür und sagte mit einem Grinsen: „Meine Frau isst gar keine Waffeln." Dann warf er einen Blick auf seine an seinem Armgelenk baumelnde Rolex und rief mir zu: „Wir sehen uns dann beim Notar, Frau Winter." Und schon war er wieder verschwunden. Langsam schloss ich die Wohnungstür, aber plötzlich hatte ich ein ungutes Gefühl, wenn ich an den bevorstehenden Wohnungsverkauf dachte.

Die Bilderbuchfamilie war noch im Urlaub. Aber das Haus füllte sich langsam wieder mit den übrigen Bewohnern. Paul und Hannelore kamen von einer Senioren-Volkshochschulkursreise zurück. Und sie erzähltem unaufgefordert jedem von Russland.

Die Krankenschwester kam von einer Insel im Indischen Ozean zurück und alle im Hausflur weit geöffneten Fenster wurden umgehend wieder fest verschlossen.

Herr Fischer war in der Zwischenzeit noch mit anderen Kaufinteressenten für meine Wohnung gekommen und wieder gegangen. Aber es sah so aus, als wenn das Zahnarztehepaar den Kauf in der nächsten Woche perfekt machen wollte. Ich fieberte also dem Notartermin am kommenden Donnerstag entgegen. Die letzten Bücher und Kerzenständer hatte ich mittlerweile auch schon in den Umzugskisten verschwinden lassen. Als so gegen halb zwölf Uhr mein Handy klingelte. Es war die Zahnärztin, die fragte, ob sie noch einmal kurz in die Wohnung kommen dürfe, um in der Küche etwas nachzumessen. Wir vereinbarten, dass sie am frühen Abend nach Praxisschluss auf einen Sprung vorbeikäme. Pünktlich um achtzehn Uhr klingelte sie unten an der Haustür und ich drückte auf den automatischen Türöffner. Dann öffnete ich meine Wohnungstür und trat auf den Treppenabsatz hinaus. Ich hörte die Zahnärztin die Treppenstufen hochkommen, aber ich hörte zu meiner Überraschung auch noch andere Geräusche.

Mir nur zu gut bekannte Geräusche. Ich schloss für eine Sekunde meine Augen und schickte ein Stoßgebet zum Himmel. Doch das Unabänderliche nahm seinen Lauf. Denn mit der Zahnärztin kam auch die Bilderbuchfamilie die Treppen herauf. Laut lärmend präsentierte sich die Bilderbuchfamilie wie eh und je. Und da sie sich anschickten, ihr Auto vom Urlaubsgepäck zu befreien, ging es die nächste Dreiviertelstunde in fröhlicher Lautstärke treppauf und treppab. Während die Zahnärztin mit einem Metermaß in der Küche sehr gründlich die Ecken ausmaß, waren die fünf Hausbewohner durch die geschlossene Wohnungstür einwandfrei zu hören. Da ich mein gesamtes Hab und Gut schon verpackt hatte, konnte ich nicht einmal mehr ein Radio anstellen, um die Geräusche von draußen zu übertönen. Ab und zu warf mir die Zahnärztin einen fragenden Blick zu, den ich kommentarlos lächelnd erwiderte. Als sie fertig war, packte sie ihr Metermaß in ihre

Handtasche und zögerte einen Moment lang. Dann fragte sie mich:

„Ist das die Familie mit den drei Kindern?" Ich nickte schwach und wusste, dass der Notartermin gelaufen war.

Als ich sie an der Wohnungstür verabschiedete, sagte sie: „Vielleicht reagiere ich auf Kinderlärm so sensibel, weil ich selber keine Kinder bekommen kann."

Bertram ist nach Ungarn gefahren. Mehr war zu dieser Frauengeschichte eigentlich nicht mehr zu sagen. Als Maria am Abend zuvor bei mir anrief, fing sie voller Freude an, mir von dem fröhlichen Zusammensein mit Cornelia und Cornelias Familie zu erzählen. Wie sie alle so schön gemütlich bei Claus und Annette auf der Urlauberterrasse saßen und es sich gut gingen ließen.

Als ich Maria unterbrach und ihr mitteilte, dass sie ihren Bertram jetzt wieder zurück haben könne, da hielt sie es anfangs für einen Scherz. Doch ich war nicht zum Scherzen aufgelegt.

Abgesehen davon, dass das Zahnarztehepaar wirklich den Kauf abgesagt hatte, war ich nur noch wütend. Wütend auf

Bertram und furchtbar verletzt. Mit Bertram war Schluss. Damit hatte Maria nicht gerechnet. Ich hörte sie deutlich durch den Telefonhörer schlucken. Sie suchte nach Worten und konnte sich gar nicht fassen. War Maria es doch gewesen, die in der Vergangenheit immer wieder von einer bevorstehenden Hochzeit mit Bertram und mir gesprochen hatte. Sie sagte: „Sophie, ich werde das jetzt sofort mit Bertram klären."

Und dann legte sie auf.

Ich stand in meiner leeren Wohnung und trommelte mit den Fingern auf der Fensterbank herum. Es würde mir wohl nichts anderes übrig bleiben. Ich musste versuchen, die Wohnung über den Makler zu vermieten. Für den Abend hatte ich ein Zimmer im Stadthotel gebucht. Nichts und niemand würde mich dazu bringen, noch eine Nacht in diesem Haus zu bleiben. Am anderen Tag würde ich dem Makler Bescheid geben und dann zurück in die Schweiz fahren.

Bertram versuchte ständig, mich auf dem Handy zu erreichen. Aber ich ließ es klingeln.

Herr Fischer bot mir Kaffee an. Wir saßen wieder in seinem Büro und sprachen über den Verkauf meiner Wohnung. Herr Fischer lächelte mich beruhigend über den Goldrand seiner Designerbrille hinweg an und sagte: „Frau Winter, dass der Verkauf jetzt geplatzt ist, ist natürlich ärgerlich. Aber meine persönliche Erfolgsquote ist mir auch sehr wichtig. Und ich verspreche Ihnen hier und jetzt: In acht Wochen ist Ihre Wohnung verkauft.

Sie brauchen nicht zu vermieten." Ich rührte mit dem Kaffeelöffel in meiner Tasse und versuchte zu lächeln. Ich musste an mein Häuschen denken und dann fragte ich: „Herr Fischer, die Handwerker in meinem Haus renovieren mich finanziell betrachtet zu Tode. Ich kann aber aus beruflichen Gründen nicht ständig aus der Schweiz hierher fahren. Sie sind doch ein Mann der Tat. Könnten Sie nicht dafür sorgen, dass das Haus in spätestens drei Monaten bezugsfertig ist?" Der Makler streckte mir sofort seine Hand über den Tisch hinweg zu und ich schlug ein. Dann handelten wir einen Strategieplan aus und einigten uns über die Bezahlung. Kurze Zeit darauf verließ ich das Maklerbüro und fuhr zurück nach Zürich.

Vier Wochen später rief Elli bei mir an. Wir plauderten über ihren neuen Freund Holger und über den schon lange geplanten Skiurlaub, den wir beide zusammen machen wollten. Dann fragte Elli mich: „Kann es sein, dass ich meine Langlaufski auf dem Dachboden in der Waldstraße vergessen habe?" „Nein, das kann ich mir nicht vorstellen", antwortete ich. „Wir haben doch alles ausgeräumt." „Ja schon, aber sie sind nicht in der Lagerhalle." Elli fuhr fort: „Ich habe mir gestern von Herrn Fischer die Schlüssel für die Lagerräume geben lassen, in die wir alle Sachen gebracht haben. Aber meine Langlauf-Ski sind nicht dabei." Ich überlegte hin und her. Dann sagte ich zu Elli: „Also, dann fahr bitte noch einmal zu Herrn Fischer und lass dir die Schlüssel für die Wohnung in der Waldstraße geben. Schau noch einmal gründlich in allen Ecken des Dachbodens nach, aber ich kann es mir nicht vorstellen." Elli lachte ins Telefon und meinte: „Na, dann habe ich ja doch noch Gelegenheit, mich von der Bilderbuchfamilie zu verabschieden." Sie kicherte fröhlich weiter und fragte, ob ich nicht Lust hätte, spontan am Wochenende zu kommen. Wir verabredeten, dass wir uns drei Tage später am Abend im Stadthotel der kleinen Stadt treffen würden. Ich dachte nicht im Traum daran, freiwillig auch nur noch einen Fuß in das Haus in der Waldstraße zu setzen.

Und so wartete ich schon eine ganze Weile im Restaurant des Hotels auf meine Tochter und knabberte Salzgebäck zu einem Glas Weißburgunder. Ich war zeitig aus Zürich losgeflogen und hatte mir von Hamburg aus einen Mietwagen genommen. Elli war noch nicht da, aber sie würde demnächst auftauchen. Ich blätterte in einer Zeitschrift und hörte plötzlich lautes Knallen von draußen. Es hörte sich an, wie bei einer Sprengung und ich fragte den in einer Ecke sich langweilenden Kellner, was da los sei.

Er zuckte die Schultern und versuchte durch das Hotelfenster in der Dämmerung draußen etwas zu erkennen. Dann sagte er: „Vielleicht ist es wieder so eine Nachtveranstaltung mit Feuerwerk auf dem Marktplatz. Um den Touristen etwas zu bieten." Ich dachte, dass es sich meiner Meinung nach nicht wie ein Feuerwerk anhörte, beließ es aber dabei.

Ich blätterte weiter in der Zeitschrift und wunderte mich, dass Elli nicht auftauchte. Das war überhaupt nicht ihre Art. Ich konnte sie auch nicht von meinem Handy anrufen, weil das oben im Hotelzimmer lag und ich keine Lust hatte, aufzustehen, um es zu holen. Dann hörte man die Sirene eines Feuerwehrautos. Kurz darauf ein zweites. Plötzlich wurde ich unruhig. Ich schaute auf meine Armbanduhr und beschloss, in zehn Minuten aufzubrechen und in die Waldstraße zu fahren, wenn Elli bis dahin nicht im Hotel aufgetaucht wäre. Doch in diesem Moment öffnete sich die Restauranttür und Elli trat ein. Ich sah sofort an ihrem Gesichtsausdruck, dass etwas nicht stimmte. Sie ließ sich an meinen Tisch fallen, griff nach meinem Weinglas und genehmigte sich einen großen Schluck. Dann legte sie ihre Hand auf meine Hand und sagte: „Wegen deiner Wohnung brauchst du dir jetzt keine Sorgen mehr zu machen, Mutti." Nichts Gutes ahnend fragte ich matt: „Wie meinst du das, Elli?" Sie nahm noch einen Schluck aus meinem Weinglas und dann musste sie plötzlich lachen. Sie sagte: „Stell dir vor: Die Bilderbuchfamilie hat ihre Wohnung in die Luft gesprengt." Ich starrte Elli fassungslos an und hoffte in diesem Moment inständig, dass die Bilderbuchfamilie gut versichert wäre. Elli lachte und lachte. Wahrscheinlich war das der Schock. Ich nahm beruhigend ihre Hand in meine Hand und sagte: „Jetzt erzähl mal ganz in Ruhe. Du warst doch hoffentlich nicht im

Haus, als es passiert ist?" „Nein. Nein. Niemand war im Haus und es ist keinem etwas passiert. Die Feuerwehrleute suchen noch nach der Ursache für die Explosion und den Brand." „Und das übrige Haus steht noch?" fragte ich zaghaft. Elli nickte. Dann sagte sie: „Komm wir müssen los. Ich soll dich holen. Die Polizei wartet schon in der Waldstraße auf dich." Wir verließen das Hotel und fuhren mit dem Mietwagen in die Waldstraße. Im Auto berichtete Elli weiter: „Das Ehepaar aus dem ersten Stock ist übers Wochenende verreist und telefonisch wohl nicht erreichbar. Und die Krankenschwester aus dem Souterrain hat einen hysterischen Anfall bekommen, als sie beim Heimkommen die lichterloh brennende Wohnung der Bilderbuchfamilie gesehen hat. Sie wird jetzt von einem Sanitäter medizinisch versorgt."

In der Waldstraße angekommen, bot sich uns ein Bild der Verwüstung. Der Erker, der einmal zum Wohnzimmer der Bilderbuchfamilie gehörte, hatte keine Fensterscheiben und auch kein Dach mehr. Die frisch renovierten Fenster

sahen mit dem zerborstenen Glasscheiben aus wie ein großer geöffneter Mund ohne Zähne. Und ein Teil der Hausfassade war richtiggehend weggesprengt worden und an
der Stelle klaffte ein riesiges Loch in der Hauswand. Das
ganze Haus war von außen rußverschmiert und es qualmte
immer noch sehr stark aus der Wohnung der Bilderbuchfamilie. In der Waldstraße vor dem Haus hatte sich eine
riesige Menschenmasse angesammelt. Die Schaulustigen
beobachteten gespannt das hektische Treiben der immer
noch ins Haus hinein und hinaus laufenden Feuerwehrleute. Ein Polizist versuchte mit viel Anstrengung die vielen Leute hinter dem gezogenen Absperrband daran zu
hindern, vor lauter Neugier auch noch ins Haus zu rennen.
Elli und ich stiegen aus dem Auto aus und gingen zu einem
etwas abseits geparkten Polizeiauto. Ich stellte mich dem
in dem Polizeiwagen sitzenden Beamten als Eigentümerin
der Dachgeschosswohnung vor. Der junge Polizist stieg
sofort aus und schüttelte mir mit aufrichtigem Mitgefühl
die Hand. Dann nahm er meine Personalien auf. Er sagte:
„Sie können froh sein, Frau Winter, dass es ihre Wohnung
noch gibt. Die Feuerwehr war wirklich blitzschnell zur
Stelle, sonst hätte die starke Explosion und der Brand das

ganze Haus in kürzester Zeit vollkommen zerstört." Ich nickte und sah mit gemischten Gefühlen zum Haus auf der anderen Straßenseite hinüber. Dort saß die Bilderbuchfamilie zusammen mit einem Polizisten in einem anderen Polizeiwagen. Der Vater unterhielt sich aschfahl im Gesicht und wild mit beiden Armen gestikulierend mit einem Beamten. Während die Bilderbuchmutter, das Baby auf dem Schoß, laut vor sich hin schluchzte. Und die beiden kleinen Töchter heulten um die Wette mit.

Ich bat Elli mir ihr Handy kurz zu leihen. Dann suchte ich in meiner Handtasche nach meinem Adressbuch, schlug es auf und fand schnell die Handynummer von Paul. Ich wählte seine Nummer und kurz darauf meldete sich Paul fröhlich am anderen Ende der Handyverbindung. Als ich mich meldete, war er ehrlich überrascht.

Und seine Fröhlichkeit schwand innerhalb von Sekunden aus seiner Stimme, als er hörte, was hier in der Waldstraße passiert war. Er fragte mich mit schwacher Stimme: „Es ist wohl überflüssig zu fragen, Sophie, ob das ein Scherz sein soll?" „Leider ist es kein Scherz, Paul", antwortete ich. Dann hatte Hannelore, die wohl mit einem Ohr an Pauls Handy mitgehört hatte, das Gespräch übernommen und kreischte mir ins Ohr: „Ich wusste es, Sophie. Ich wusste die ganze Zeit, dass so etwas passieren würde." Dann wurde die Verbindung plötzlich unterbrochen.

Am nächsten Tag hatten beide städtische Tageszeitungen eine komplette Sonderseite mit einer riesigen Bildreportage über die Explosion und den Brand als Knüller in ihrer Berichterstattung. Da das Haus über hundert Jahre alt war und unter Denkmalschutz stand, gab es zahlreiche Interviews von Architekten, Bauherren, älteren Einwohnern des kleinen Städtchens und natürlich auch dem Oberbürgermeister. Wir waren das Tagesgespräch in der Stadt. Und es wurde natürlich ausführlich darüber berichtet, wie es überhaupt zu solch einer Katastrophe kommen konnte. Obwohl beide Zeitungen die Geschichte sehr blumig ausmalten, stimmten sie im Kern doch in ihrer Aussage überein. Offensichtlich hatte die Bilderbuchmutter den beiden älteren Töchtern zum letzten Weihnachtsfest einen Chemiebaukasten geschenkt. Aber man sollte kleine Kinder nicht ohne Aufsicht damit rumhantieren lassen. Und schon

gar nicht in einer Küche, in der ein mit einer Propangasflasche betriebener Zusatzgasherd zum Kochen genutzt
wird. Die Bilderbuchmutter hatte dem Zeitungsbericht zu-
folge für eine knappe halbe Stunde mit dem Baby im Kinderwagen die Wohnung verlassen, um im Städtchen Brot
zu kaufen. Während dieser Zeit müssen die Kinder ange-
fangen haben, mit ihrem Chemiebaukasten herumzuspie-
len. Als plötzlich die ältere von beiden, Ann-Kathrin, auf
die Idee kam, ein kleines Experiment auf dem Gasherd
auszuprobieren. Unglücklicherweise lagen Streichhölzer
in verlockender Nähe herum. Sie mixte in mehrere Reagenzgläser gleichzeitig hier ein Pülverchen und da ein Pülverchen zusammen. Und da alles so schön bunt war und
die zahlreichen Reagenzgläser alle Platz auf dem mittlerweile entzündeten Gasherd fanden, zischte und brodelte es
herrlich laut und aufregend für die beiden Nachwuchsfor-
scher. Nachdem es eine Zeitlang zischte und knallte verlor
die jüngere den Spaß an der Sache. Vielleicht war ihr die
Sache auch nicht mehr ganz geheuer, weil es schon zu diesem Zeitpunkt starke Rauchentwicklung gegeben haben
soll. Wie sich ein Zeuge, der zu dieser Zeit unten am Haus
vorbeiging, später bei der Polizei erinnern wollte. Ann-

Kathrin, als die ältere und ehrgeizige in der Familie, machte angespornt durch das laute Brodeln aber fröhlich weiter. Ob es an der Menge des schnell ausströmenden Gases lag oder ein zusätzlicher technischer Defekt an der Verbindung der Propangasflasche zum Gasherd der Auslöser für die mittelschwere Explosion war, konnten die Sachverständigen bei Redaktionsschluss noch nicht endgültig sagen. Irgendwann muss jedoch auch Ann-Kathrin gemerkt haben, dass irgendwas dabei war aus dem Ruder zu laufen. Jedenfalls ließ sie plötzlich alles stehen und liegen und zerrte ihre Schwester raus auf die Straße und runter vor das Haus, um dort auf die Mutter zu warten. Die Bilderbuchmutter muss aber wohl eine Bekannte beim Bäcker getroffen haben. Jedenfalls blieb sie länger fort als ursprünglich geplant. Und als sie schließlich mit dem Kinderwagen in die Waldstraße einbog und zum Haus hinübersah, schlugen die Flammen schon an ihrem Küchenfenster hoch. Ihre Kinder im Auge ließ sie die Plastiktüte vom Bäcker auf die Straße fallen und holte geistesgegenwärtig ihr Handy aus der Tasche. Sie rannte dann zu den beiden kleinen Kindern hinüber und zerrte sie auf die andere Straßenseite. Dann alarmierte sie die Feuerwehr und

Minuten später hörte man die Sirenen der Feuerwehrautos herannahen. Als der erste Feuerwehrwagen in die Waldstraße einbog gab es einen ohrenbetäubenden Knall. Ein Teil der Hausfassade wurde weggesprengt und die Fensterscheiben zerbarsten. Glücklicherweise konnte die Feuerwehr den Brand sehr schnell unter Kontrolle bekommen und dadurch den Rest des Hauses retten. Die Wohnung der Bilderbuchfamilie wurde durch das Feuer und die Löscharbeiten vollkommen zerstört. Weiter stand noch in dem Bericht, dass die Feuerwehrleute erstaunt darüber gewesen seien, dass man in der Wohnung Reste von Unmengen explodierter Bierflaschen gefunden hatte.

Bertram hatte es aus dem Lokalsender erfahren.

Er rief an, weil er sich wohl ernsthaft Sorgen um mich machte. Da ich keinen persönlichen Schaden an der Sache genommen hatte, nahm ich den unglückseligen Vorfall eben hin. Die Bilderbuchfamilie würde die Kosten für die Instandsetzung des Hauses übernehmen müssen. Das alles würde sich schon irgendwie regeln.

Ich war sicher, dass Hannelore und Paul hier federführend

eingreifen würden. Obwohl ich der Bilderbuchfamilie keine herzlichen Gefühle entgegenbringen konnte, tat mir dieser Schlag doch Leid für sie. Sie besaßen buchstäblich nichts mehr von ihrem Eigentum. Bertram fragte am Telefon und fragte und ich antwortete mechanisch.

Herr Fischer hatte sich noch spät am Abend der Katastrophe bei mir gemeldet. Er versicherte mir, dass ich mir keine Sorgen zu machen bräuchte. Er würde ein Auge auf die ganze Geschichte haben, schließlich wolle er meine Wohnung auch in Zukunft noch hin und wieder verkaufen. Und einen möglichen Werteverlust für meine Wohnung schloss er von vornherein kategorisch aus. Humorvoll fügte er noch hinzu: „Da die Bilderbuchfamilie nun ja quasi ausgezogen ist, können wir die Wohnung gut verkaufen. Vielleicht erhöhe ich den Preis noch ein wenig. Da die untere Wohnung und damit ein Teil des Hauses jetzt komplett neu saniert wird, haben wir eine Wertsteigerung für das ganze Haus zu erwarten." Er lachte dann noch auf seine sympathische Art ins Telefon und verabschiedete sich.

Ich war froh, dass ich schon vor Wochen aus dem Haus ausgezogen war. Schon der Gedanke, dass mein teures Porzellan durch die Explosion und die damit verbundenen Erschütterungen hätte zerstört werden können, ließ mich erblassen. Ich hing nicht an vielen Dingen, aber mein Porzellan war mir heilig. Bertram wollte unbedingt ins Stadthotel kommen, aber ich war von der Idee nicht begeistert gewesen. Die Enttäuschung über die Geschichte mit Cornelia saß einfach zu tief. Irgendwie war die weggesprengte Wohnung der Bilderbuchfamilie ein Spiegel für meine eigene Geschichte mit Bertram. Ich besaß zwar immer noch meine Wohnung, dafür war mir mein Lebensgefährte und damit ein Teil meines Lebens verloren gegangen. Fairerweise musste man hinzufügen, dass Bertram mir sehr freiwillig verloren gehen wollte.

Ich bezahlte meine Rechnung in dem kleinen Stadthotel und setzte mich in den Mietwagen. Ich würde so schnell nicht wieder in diese kleine Stadt kommen, da war ich sicher. Vor der letzten Ampel musste ich wegen einer langen Rotphase warten und wurde plötzlich auf einen am Straßenrand stehenden Mann mit Rucksack aufmerksam, der heftig winkte. Ich schaute genauer hin. Offensichtlich winkte er mir zu. Im ersten Moment war ich mir nicht sicher. Und dann erkannte ich Volker.

Ich winkte zurück. Er hechtete zu mir ans Auto und riss die Beifahrertür auf. Ungefragt sprang er hinein und ließ sich auf den Beifahrersitz plumpsen. Er lachte mich mit seinen strahlend weißen Zähnen ungemein charmant an. Ich musste lachen und gab Gas, weil das Auto hinter mir schon wütend hupte. „Wo sind die Schuhe, Sophie?" fragte Volker. Ich bog auf den Parkplatz eines großen Supermarktes ein, parkte und drehte mich zu ihm um. Dann sagte ich: „Du bist zu spät. Alle Schuhe sind verbrannt." Volker sah mich überrascht an. Dann fragte er: „ Und die Füße, Sophie, die sonst in den Schuhen stecken. Was ist mit den Füßen?" Ich lächelte Volker an. Warum war mir nicht schon früher aufgefallen, dass er erstaunlich grüne Augen hatte? Dann sagte ich: „Das ist eine sehr lange Geschichte, Volker." Volker rutschte ein wenig zu mir herüber. Dann legte er ganz selbstverständlich seinen Arm um mich. Er lächelte mich liebevoll an und sagte:

„Ich habe Zeit mitgebracht, Sophie. Viel Zeit."

Zeitfracht Medien GmbH
Ferdinand-Jühlke-Straße 7
99095 Erfurt, Deutschland
produktsicherheit@kolibri360.de